MAMOTAL
O Rei Milagroso

2º Volume

José Beirão

This is a work of fiction. Similarities to real people, places, or events are entirely coincidental.

MAMOTAL O REI MILAGROSO

First edition. August 1, 2024.

Copyright © 2024 Jose Beirao and Jose Santos.

ISBN: 979-8227815965

Written by Jose Beirao and Jose Santos.

Also by Jose Beirao

Mamotal
Mamot Got O Magnânimo
Mamotal o Rei Milagroso
O Cavaleiro do Rei
O Governador
A Ponte da Concórdia

Also by Jose Santos

Mamotal
Mamot Got O Magnânimo
Mamotal o Rei Milagroso
O Cavaleiro do Rei

O meu agradecimento à Ana Conceição e à Joana Afonso, pela inexcedível ajuda que pacientemente me concederam.
Beijinhos e obrigado.

1º Volume, Mamot Got O Magnânimo
2º Volume, Mamotal O rei Milagroso
3º Volume, O Cavaleiro do Rei
4º Volume, O Governador
5º Volume, A Ponte da Concórdia
A saga Mamotal, fica completa no 5º Volume, quando uma série de encontros, desconfianças e desencontros se cruzam finalmente entre si, desenvolvendo uma série de acontecimentos surpreendentes.

"A vida é a arte do encontro, embora haja tanto desencontro pela vida"
Vinícius de Moraes

"A vida é a arte do encontro, embora haja tanto desencontro pela vida"
Vinícius de Moraes

Prefácio

Enquanto príncipe, produziu um milagre na agricultura do país vizinho, que o chamou de o milagroso.

Depois, assistiu à morte traiçoeira da sua irmã, a princesa Eterea. Mais tarde, já rei, vingou-se com coragem do terrível acontecimento, idealizando um ataque fulminante com o objetivo de acabar com a criminalidade junto da fronteira sul.

A pedido da sua mulher Delca, que amava, criou a primeira escola do reino, acabando com um privilégio que apenas os poderosos e os nobres, podiam ter.

Uma história de egoísmo, traição e amor, que acaba com o bem a sobrepor-se ao mal.

Mamotal O Rei Milagroso

O Rei Mamotal, era agora um homem maduro, cabelo e barba grisalha, habitualmente sério e introspetivo. Desde os acontecimentos da tragédia acontecida no Vale da Morte, como lhe chamou, não passava um único dia que esses pensamentos não o assaltassem. Determinou até, que o mausoléu do pai e da irmã, tivesse flores frescas todos os dias, o que, às vezes, era bem difícil de conseguir.

Depois disso, dois acontecimentos muito importantes marcaram a sua vida nos últimos anos: a coroação como rei e o seu casamento com a princesa Delca Hertz, seu grande amor. Dois filhos haviam nascido. Dois rapazes fortes e muito desejados.

O tempo ia correndo. O rei vivia feliz com a sua mulher Delca, que não poupava esforços para o confortar e apoiar. O antigo conselheiro-mor do reino, Margot Tod havia morrido e, seguindo a tradição de seu pai, mandou afixar editais em todas as igrejas do reino, pedindo ao povo para se reunir e eleger o nome do homem mais dotado para o substituir.

Passaram seis meses e o nome eleito pelo povo, surgiu. Era ele Dario Montez, naquela altura um dos homens mais proe-

minentes, dada a sua cultura, sabedoria e conhecimento do reino.

Era oriundo da Hispânia, na Península Ibérica e seus pais ali se haviam fixado há muitos anos, fugidos da peste negra. Mamotal, sabia que era preciso melhorar a segurança junto às fronteiras. Longe da corte, havia por vezes acontecimentos violentos, com a passagem abusiva de bandoleiros que atacavam, roubavam e por vezes matavam, fugindo depois

para o outro lado.

1. A RAINHA E A EDUCAÇÃO

A rainha Delca, estudada e culta, acalentava há muito uma ideia. Abrir uma sala de ensinar no palácio, para que todos os que quisessem aprender a ler e escrever, fossem adultos ou crianças, pudessem frequentar. Entre as suas aias, tinha cultivado o espírito de aprender, ensinar e, pelos vistos, havia quatro voluntárias dispostas a fazê-lo.

Mandou afixar editais para que todos, os que soubessem, poderem ler e que dessem o nome e a morada, no castelo. E o povo leu e disse:

— Aprender a ler para quê? Para trabalhar o campo não é preciso saber ler. O que é preciso, é ter força e saúde.

Outros, mais avisados, diziam:

— É uma coisa boa, principalmente para os nossos filhos. Sempre poderão aprender mais do que nós. Desde que não seja a pagar...

Passados uns dias, apareceram meia dúzia de inscrições. Depois, dois adultos, também deram o nome. Em poucos dias, havia uma dúzia de inscritos. A rainha, atenta, disse para aia incumbida do serviço:

— Estou muito satisfeita. Pensei que fosse bastante pior e, assim sendo, temos de assumir o nosso compromisso e tratar do que, agora, vai ser necessário.

Precisava do apoio do rei para tal iniciativa. Falou com ele e, depois de explicar os objetivos, sugeriu:

— Na parte de trás do castelo, há um celeiro grande não utilizado, que poderíamos limpar e adaptar. Para começar, serão precisas três ou quatro mesas e uma dúzia de cadeiras. Depois, com o tempo, iremos melhorando.

O marido, tolerante, anuiu:

— Acho que é uma ótima ideia, querida. Mas diga-me. De onde lhe veio esta ideia tão avançada?

Salas de aprender, não há em lado nenhum por aqui...

— Alguém tem de começar, meu querido. Aprender, não faz mal a ninguém.

–Lembra-se da última visita que nos fez e levou a sua irmã?

– Claro que me lembro...todos os dias... disse o rei.

– Pois bem, continuou a rainha. Nós conversamos muito, sabe. Ela tinha este sonho e contou-me. Queria fazê-lo quando regressasse, porque achava e com razão, que as pessoas devem aprender porque só assim o Mundo será melhor.

– Minha saudosa irmã, disse o rei. Nunca me tinha falado em nada parecido, mas era um sonho maravilhoso. Isso é verdade.

– Foi também o que eu achei logo naquele momento.

Agora, com o seu apoio queria dar-lhe continuidade e já temos uma dúzia de inscritos, incluindo dois adultos!

– Bravo, disse Mamotal. Vejo que não perde tempo. Sorriu e deu-lhe um carinhoso beijo que ela correspondeu.

–Temos de arranjar umas lousas finas, onde possam escrever e tudo será a expensas da coroa. Se queremos colher, primeiro temos de semear.

Deu um sorriso maroto, percorreu o longo corredor e, um pouco depois, lá foi ter com as aias.

– Já falei com o rei, meninas. Ele também achou uma ótima ideia e por isso, vamos avançar. Estarei aqui para ajudar no que precisarem. Por favor, mandem limpar o celeiro grande nas traseiras e depois providenciem para arranjar mesas e cadeiras. Logo que tudo esteja pronto, daremos início às lições.

2. REUNIÃO DO CONSELHO. A DECISÃO

Mamotal, tinha convocado uma reunião do Conselho do Reino. Queria ouvir todos, antes de tomar qualquer decisão sobre o problema da insegurança nas fronteiras.

– Senhores conselheiros. Como penso que também sabem, tem havido assaltos e às vezes mortes dos nossos cidadãos, junto das fronteiras. A sua definição não é clara, como também sabem e só o nosso claro domínio militar junto das mesmas, manterá os nossos vizinhos afastados. Eu sei que os povos aí residentes nos são fiéis, mas nas zonas mais desertas, as contendas têm acontecido o que afasta ainda mais os nossos camponeses, que se sentem inseguros. Gostaria de saber o que pensam sobre este assunto.

Um momento de silêncio. Parecia que todos queriam afinar ideias, antes de abrir a boca.

Por fim, um dos conselheiros falou:

– Talvez pudéssemos armar os homens que vivem nessas zonas mais remotas, majestade. Pelo menos, poderiam defender-se melhor.

– Poderíamos colocar patrulhas, dedicadas à missão de fiscalizar as fronteiras senhor, disse outro.

E as propostas foram surgindo, com diferentes opiniões.

Por fim, o conselheiro-mor Dario Montez falou:

– Majestade, caros colegas: As opiniões estão divididas, o que é natural, mas eu penso que nós precisamos de algo mais efetivo, mais presente no dia a dia da raia fronteiriça. Não interessam apenas os soldados armados, que passam e andam, mas também um símbolo, um fortim, que inspire res

respeito ao outro lado de lá.

Muito bem pensado, sim senhor, diziam os outros em coro.

– Mas deixei-me por favor, completar o meu raciocínio. Conheço bem o reino, andei muito por aí quando era mais novo e posso destacar três pontos críticos. A norte, a leste e a sul. Do meu ponto de vista, terão de ser construídos três fortins, sendo que, o do Sul, deverá ser o mais imponente porque é aí, no meu entender, que está uma das nossas fragilidades, devido à difícil configuração do terreno.

O rei ouviu atentamente o conselheiro, achou a ideia muito funcional, mas pela sua cabeça, começou a passar a tragédia que tinha vivido naquele lugar. O coração, acelerou e disse de rompante.

– Quem concorda com o conselheiro-mor?

Todos se levantaram, com exceção de três ou quatro.

–Temos uma maioria que apoia e eu estou incluído, disse. Mandaremos construir esses fortes. Estudaremos a melhor forma, mas adianto desde já o seguinte. Concordo, por experiência própria, que a raia do Sul será uma das mais perigosas. Por aí, passa o Vale da Morte e muitos dos nossos por lá têm de passar e alguns, já morreram lá. No início desse vale, para ser bem visível para quem vem, construiremos o mais imponente dos três fortins que, como os outros, terá uma guarnição permanente.

Em frente, do outro lado da garganta estreita que aí se forma, construiremos também uma capela, onde todos poderão entrar e rezar. Será uma capela especialmente dedicada a Nossa Senhora dos Mártires, em honra à minha querida e falecida irmã Eterea Got e aos cinco soldados que aí morreram assassinados. Mandarei abrir uma estrada que passará entre o forte e a capela. Cumprirei assim duas missões:

Defender o reino e perpetuar o nome dos inocentes que aí morreram.

Silêncio! As palavras do rei, tinham tocado o coração daqueles homens duros. Depois, uma enorme salva de palmas ecoou pelo salão.

– Viva o rei Milagroso. Que Deus o proteja.

Mamotal saiu reconfortado. Pensava há muito fazer algo, para acalmar o seu coração ferido e, com esta decisão, juntava o útil ao seu sentimento de culpa, apaziguando-o. A reunião com os conselheiros, inesperadamente, veio reacender velhas memórias guardadas no cérebro do rei. "Também o meu filho, dizem, morreu assassinado. Esta terra é perigosa e a natureza tem destas coisas e, às vezes, o destino é perverso..." estas, as palavras proferidas pelo homem que o ajudou e socorreu depois do ataque no Vale da Morte.

Mamotal, nunca se esqueceu destas palavras e meditou muito nelas quando, naquele recuado dia, partiu a caminho de casa ferido e esfarrapado, com o que restava dos seus soldados, tendo deixado a sua irmã morta, para trás.

— Acho que está a chegar o dia de resolver este mistério, pensou para consigo.

Dirigiu-se para o quarto e passou por aqueles momentos de meditação, habituais desde a morte da irmã. Divagou, para cá e para lá, foi até à varanda inspirar ar puro, regressou ao quarto e sentou-se de olhar fixo nas árvores do jardim. Começava a arrumar as ideias.

O conselheiro-mor, é um homem expedito, tem "faro" e conhece bem o reino, pensou. Poderá ser o homem indicado

para pôr em prática um plano que será arriscado, mas que

tem de ser executado.

Saiu mais animado e determinado. Sentia a euforia de outros tempos e isso fazia-lhe bem. Entrou na Sala do Conselho, acercou-se de Dario Montez e disse baixinho:

— Venha comigo. Preciso falar consigo a sós, nos meus aposentos.

Entraram e o conselheiro, perguntou:

— Que se passa senhor, para me chamar com tanta veemência?

— Sente-se, fique confortável e ouça, disse o rei. Porém, antes disso, à um trabalho importante que tem de ser feito e, por isso, o chamei aqui. Como falamos na reunião, o Sul do reino, parece ser o local a precisar de mais vigilância e atenção da nossa parte. Acresce que, para além disso, eu penso existir naquela região, uma quadrilha de bandoleiros numerosa, a soldo de alguém, mas não imagino quem possa ser. No entanto, junto à fronteira, mas do nosso lado, existe uma fazenda grande, com muitos serviçais, cujo senhor penso ser um homem de idade, cabelos brancos e boa compleição física. Esse homem, ajudou-me quando nos tentaram matar.

Todavia, quando partimos feridos e esfarrapados, disse-me uma coisa que nunca esqueci:

– "Também o meu filho, dizem, morreu assassinado. Esta terra é perigosa e a natureza tem destas coisas e, às vezes, o destino é perverso..."

– Como assim senhor? Perguntou o conselheiro confuso. Se ele o ajudou e tratou...

– É verdade, ajudou, disse o rei. Só que essa frase, dita naquela circunstância, fez-me começar a juntar os factos. Preste atenção. Mais ou menos no mesmo local, meses antes, foram atacados os nossos soldados, quando transportavam umas charruas. Era um grupo pequeno de seis homens.

Queriam apenas roubar, mas quando os nossos soldados se opuseram, ouve uma feroz luta corpo a corpo e um deles, tropeçou numas pedras , caiu em cima da fogueira e começou a arder. Um dos soldados aproveitou o momento e matou-o, espetando-lhe a espada no peito.

Os outros fugiram imediatamente e pensou-se que, o morto, seria o chefe do bando.

– Meus Deus, senhor. Que coisa tão horrível, disse Dario muito atento e espantado.

– Sim, horrível, mas foi como lhe conto disse o rei, continuando. Passados mais ou menos dois meses, aconteceu comigo a mesma coisa, só que ainda mais horrível, porque era um grupo de trinta ou quarenta homens e atacaram traiçoeiramente, sem aviso, tendo matado a minha saudosa irmã e mais cinco soldados.

– Uma cobardia e uma grande tristeza senhor, murmurou Dario.

– Como pode verificar, dois acontecimentos trágicos quase nos mesmos lugares, junto à fronteira sul. É esse o motivo que me tem suscitado muitas dúvidas e curiosidade, ao longo destes anos, compreende?

– Sim, majestade respondeu Dario e continuou: se eu entendi direito, poderão ser os mesmos que fizeram os dois ataques. Mas agora fica a pergunta: Porquê? Um terá sido só para roubar. E no segundo? Se o ataque foi traiçoeiro, violento e de surpresa e nada quiseram roubar...senhor?

– É isso mesmo Dario. O que queriam afinal, é a minha grande questão por esclarecer até hoje e por isso, lhe pedi para vir comigo. Eu concluo que a intenção era apenas matar e que o ataque terá sido encomendado. Por quem, é o que nós vamos tentar descobrir e é aí que o nosso conselheiro vai entrar.

– Podeis contar comigo senhor, disse Dario. Já sou um homem de idade, mas este é um assunto que mexe cá por dentro. Quando quereis que me ponha a caminho?

– Espere conselheiro. Espere. Não irá a lado nenhum. O seu lugar é aqui.

– Então senhor, explicai melhor.

– Uma vez mais, peço a sua atenção. A expensas da coroa, vai arranjar dois ou três homens da sua confiança. Repito. Da sua confiança e que tenham alguma capacidade para se disfarçar, observar, fazer perguntas que não chamem a atenção. Deverão frequentar tabernas e estalagens onde se junte muita gente. Terão de ser pacientes e observar e ouvir tudo o que puderem. Este será um trabalho secreto. Se não o respeitarem, serão severamente punidos. Só nós os dois sabemos. Nem a rainha sabe.

Quando tiverem algo de concreto, que o avisem, mas sempre ao fim do dia. Como sabe, as paredes têm olhos...e ouvidos, disseram os dois ao mesmo tempo.

3. A SALA DE APRENDER

A rainha Delca andava atarefada com a organização da sala de aprender. De tal forma, que pensava até em pôr os dois filhos a frequentar algumas aulas.

O celeiro ficou pronto, limpo, arejado e bem iluminado. As duas janelas grandes, vieram mesmo a calhar e havia em frente um pequeno largo, que servia às mil maravilhas para um pequeno recreio. As quatro aias que se haviam oferecido, andavam entusiasmadas.

Arranjaram as lousas para os alunos escreverem e até conseguiram uma lousa grande, para colocar na parede. Quando a rainha viu, perguntou admirada:

— Para que serve essa lousa tão grande na parede, meninas? Elas riram-se timidamente, receosas e disseram:

— Assim, poderemos desenhar no quadro algumas coisas, para eles entenderem melhor, se achar bem majestade.

— Mas claro que eu acho muito bem, exclamou. Ótimo e acho até que é uma grande novidade. Muitos parabéns a todas pela grande ideia que tiveram. Surpreenderam!

E as primeiras aulas começaram com desenho, aprender as letras, aprender a fazer contas e bordados para as meninas.

No primeiro dia de aulas, os meninos sentaram-se onde os mandaram e os dois adultos inscritos, ficaram no fim, para não tapar as vistas aos mais pequenos. Os adultos, pouco depois, quiseram sair.

— Numa sala a brincar com criancinhas... temos mais que fazer, disseram. Estamos melhor na taberna.

Tentaram sair. A aia ficou surpreendida e disse que só ficavam, se quisessem. Não eram obrigados, mas que talvez fosse bom ficarem mais um pouco para ver. Os homens, obe
deceram timidamente e resolveram ficar.

No fim das duas horas de aprendizado, vieram canecas de café com leite e pão. Todos ficaram contentes, admirados e agradecidos. Para o primeiro dia, tudo tinha corrido bem.

4. VISITA AO PADRE E O CONTRATO

O conselheiro Dario Montez, pensou maduramente em tudo o que o rei lhe tinha dito. Era um serviço de enorme responsabilidade pessoal e não queria nem podia falhar. Deu voltas e mais voltas à cabeça e não conseguia descortinar ninguém para executar o trabalho com o rigor exigido.

Depois... teve uma ideia! O padre! Sim. O padre, podia ser uma pessoa a abordar. Homem da Igreja, habituado a falar e a confessar as mais diversas pessoas, por princípio uma pessoa sigilosa. Porque não?

Foi até à igreja e, cautelosamente, abordou o padre. Seguiram-se os cumprimentos e reverências e o conselheiro Dario disse:

– Senhor padre. Venho aqui numa missão um pouco secreta e queria, antes demais, a sua máxima descrição. Na verdade, preciso de um homem para fazer um trabalho muito sério de observação. Será uma espécie de um espião, digamos assim. Terá de se deslocar ao sul e obter algumas informações necessárias. Conhece alguém capaz de cumprir este trabalho com seriedade e absoluta reserva?

O padre, ficou surpreendido com a visita, mas com esta pergunta, ficou ainda muito mais.

– Um... pensou. É uma pergunta complicada, senhor. Sabe que nós temos regras a cumprir e uma delas é o segredo da confissão.

– Eu sei padre. Eu sei, mas trata-se de um assunto muito importante. Um assunto de estado. Nada pretendo saber, a não ser o nome e onde mora, se por acaso tem alguém em mente.

– Um... o padre continuou a pensar e a gesticular, deu duas

voltas à sacristia, parou a olhar fixamente por um pequeno postigo e estacou.

– Alto, disse. Penso que tenho uma pessoa para isso e costuma vir à igreja de vez em quando. Ele tem família sabe? Era soldado, mas aposentou-se por volta da morte do antigo rei, que Deus tenha. Parece-me ser uma pessoa corajosa e de poucas falas. Sei que tem uma criação de porcos e às vezes conta assim umas aventuras que teve quando era soldado. Não posso garantir, mas penso que seria pessoa para fazer esse trabalho.

— Muito bem padre. Obrigado pelo seu esforço. Pode dar-me o nome dele e a morada?

— Claro, senhor conselheiro. Já que chegamos até aqui... tratam-no por Dercos e vive ali para os lados da pedreira, no norte da cidade.

— Obrigado, senhor padre e que Deus o abençoe, porque já fez uma boa ação hoje. Fique descansado, porque esta nossa conversa, nunca existiu. Entende?

O conselheiro voltou para o castelo. Despiu-se, mudou para umas roupas coçadas, velhas, uma jaqueta grande folgada e umas barbas pretas, porque as suas eram brancas e seguiu caminho, confiante com o disfarce.

Meia dúzia de perguntas e lá descobriu o homem, ocupado de volta dos porcos.

— Boa tarde, senhor Dercos, disse.

— Boa tarde, senhor. Quem me procura?

— Eu sou um envidado lá do castelo e pediram-me para vir falar consigo, porque preciso que me faça um trabalho.

— Trabalho? Perguntou o homem. Trabalho já eu tenho senhor. Não vê os porcos bem gordos?

O conselheiro riu-se:

— É verdade, sim senhor. Tem aqui uns belos porcos!

— Entre. Aqui dentro estaremos melhor, disse o criador de porcos. Quer-me dizer que trabalho é esse? Só se for para ganhar bom dinheiro, porque para trabalho, já tenho que chegue.

— Sim, disse Dario. Será devidamente compensado, se aceitar...claro. Disseram-me que foi um bravo soldado...

– Sim, respondeu o outro. Mas já foi há muito tempo. Passei por vários lugares difíceis, mas o pior, foi lá para o sul. Havia muita malandragem, sabe? Tínhamos de ser soldados e também espias. Era um tempo em que havia muitas intrusões de ladrões e bandidos que vinham do lado, para assaltar os nossos fazendeiros. Às vezes, disfarçavam-se de agricultores, para nos enganar. Não havia sossego e era muito perigoso de facto. Quando me mandaram para aqui, confesso que fiquei aliviado.

O conselheiro, estava agradado com o que ouvia. O padre, parecia ter razão.

– Mas diga-me lá qual é o trabalho e quanto irei ganhar? Vou ter de deixar a minha mulher e os filhos a tratar dos porcos...

– O que ganhar, ser-lhe-á pago em duas partes. Uma quando iniciar, outra no fim do trabalho. Mas falemos então sobre o "trabalho". Preciso que vá ao sul, próximo da fronteira. Pode arranjar dois ou três homens da sua confiança para o acompanharem. Contou-lhe tudo o que teriam de fazer e da necessidade de terem cuidado e serem atentos, vigilantes e fazerem perguntas que não levantassem grandes suspeitas. Não tenham pressa e investiguem tudo o que puderem. A paciência será muito importante. Quando tiverem em vosso poder informações relevantes, fiquem quietos e regressem. Depois, vá ao castelo pelo fim da tarde e pergunte pelo estrangeiro — nome de código — à sentinela e faça o que lhe mandarem. Que acha desta sua nova aventura, senhor Dercos?

– O que direi, pelo que ouvi é que se trata de um trabalho perigoso e que me vai obrigar a ir para longe de casa. Por outro lado, levando mais dois ou três homens, haverá despesas e terei de lhes pagar.

– Claro que terá de lhes pagar, disse o conselheiro. Mas diga-me. Aceita ou não esta missão?

– Aceito, pronto! Nunca virei as costas a nada. Não irei começar agora. Quanto me paga então?

– Pagarei cinco mil dobrões!

– Quanto? Cinco mil dobrões? Mas isso é uma pequena fortuna, senhor!

– É verdade, mas quero um bom trabalho e traga resultados. Entregarei metade agora e a outra metade quando vier, como já disse. Outra coisa importante. O trabalho que vai fazer é secreto. Se divulgar alguma coisa a alguém, incluindo sua mulher e filhos, terá um castigo pesado, que o fará esquecer o dinheiro que ganhou.

Dercos, disse um sim senhor meio a medo, meio abafado. A ameaça tinha funcionado, juntamente com a cobiça.

– Pegue senhor Dercos. Aqui tem dois mil e quinhentos dobrões. Gira-os bem. Oxalá tudo lhe corra pelo melhor e traga boas notícias. Tem aqui uns belos filhos. Fortes e trabalhadores...boa viagem.

Foi direito ao castelo e dirigiu-se à casa da guarda:

– Olhe bem para mim. Quando alguém vier perguntar pelo estrangeiro, sou eu.

– Mas senhor conselheiro o seu nome...

– Será um nome de código, disse. Fique tranquilo. Avise os outros e não se esqueçam. Quando esse alguém aparecer, mandem-no esperar na sala oval, junto à entrada e mandem-me chamar.

– Muito bem senhor, respondeu o guarda. Assim se fará.

Subiu as escadas a correr, entrou no quarto, mudou de roupa, tirou a barba postiça e foi ter com o rei.

– Majestade, peço desculpa por invadir a sua privacidade, mas não quis perder tempo. O meu trabalho, por agora está feito. Contratei um homem que me foi indicado pelo padre...

– Pelo padre? senhor conselheiro, interrompeu o rei. Mas como lhe ocorreu semelhante ideia?

– A verdade senhor, é que o padre foi precioso. Ao princípio levantou dificuldades, mas acabou por falar e, claro, ficou sobre sigilo, como não podia deixar de ser.

– Fantástico, meu caro conselheiro. Eu não iria lembrar-me de tal coisa, confesso. O senhor é terrível e riu-se, bem-disposto. Agora vamos aguardar e desejar que tudo corra pelo melhor, não é?

– Sim majestade. Vamos aguardar. Eu penso que poderá demorar uns trinta dias. É longe. As informações, como sabe, são escassas, poderão surgir dificuldades, vamos ver. O que desejo, é que tudo corra pelo melhor.

5. RAINHA PEDE AJUDA

Na sala de aprender após três dias, os dois adultos deixaram de aparecer. As crianças, continuaram a ir, mais à vontade e descontraídas. Começavam a adaptar-se ao ambiente e as duas horas de aprendizagem, com um intervalo pelo meio, passavam rápido.

As aias encaravam as aulas com otimismo, conversavam umas com as outras e iam sugerindo novas ideias. Era uma boa aventura, pensavam. Com as coisas a correr bem, as crianças podiam, pelo menos ler, escrever e fazer contas. Era um progresso notável.

— Só é pena não termos mais meninos, disse uma delas. O alcance desta iniciativa da rainha, seria ainda maior. Em conversa com a aia responsável, a rainha concordou que poderiam ter mais algumas crianças, poucas, uma vez que não havia aias suficientes para todos e disse:

— Não podemos avançar com muita velocidade. Os recursos são muito poucos e é preciso que todas as crianças avancem ao mesmo tempo. Se assim não for, teremos umas mais adiantadas que outras e isso não ajudará o nosso trabalho, nem

o aprendizado delas. E continuou...,

Estive a pensar e talvez o padre nos pudesse dar uma ajuda. Os padres são homens estudados, frequentaram boas escolas e terão alguma experiência de ensino. Depois... também há as freiras do convento, habituadas a meditar, a estudar e ajudar quem precisa.

— Muitíssimo boa ideia majestade, disse a aia. Ouvi dizer que há reinos onde já há ensino que é gerido pela igreja.

— Sim. É verdade. Quando puder, fale com o padre e com a monja superiora e peça-lhes para vir ao castelo.

Gostaria de falar com os dois. Quem sabe se nos podem dar uma ajuda.

6. O ESPIÃO CONTRATADO

Dercos, o espião contratado, andou dois ou três dias a matutar na melhor maneira de cumprir com o trabalho encomendado, mas, mais do que isso, não queria falhar. Por um lado, se conseguisse cumprir o acordado, poderia até deixar de criar porcos. O dinheiro que receberia, daria para o resto dos seus dias. Por outro lado, nunca tinha falhado quando era soldado e esse facto, era para si um ponto de honra. Avisou a mulher que iria estar ausente uns dias, mas que não se preocupasse e que cuidasse da fazenda e dos porcos, entretanto.

Comprou um cavalo, arranjou um punhal de melhor qualidade e começou a matutar nos homens que precisava para a missão. Pensou, pensou, mas não via por aquelas bandas ninguém com as características pretendidas.

— Vou até à Taberna do Corvo, disse baixinho. Praticamente ninguém me conhece e por lá, para todo o tipo de gente. Acho que tive uma boa ideia.

Arranjou umas roupas mais asseadas e pôs-se a caminho. Entrou e era a algazarra do costume. Gente por todo o lado, canecas e comida nas mesas. Mulheres bem dispostas e risonhas, a servirem quem chegava.

Pediu um copo de vinho e um pastel de castanha, sentou-se e foi observando.

A missão, tinha começado. Ouvia daqui, ouvia dali, mas nada que lhe despertasse a atenção.

— Acho que não vim ao sítio certo, pensou. Estou aqui há duas horas e nada que se veja. Acho que me vou embora.

A porta abriu-se mais uma vez e entraram dois homens na casa dos cinquenta anos. Sentaram-se numa mesa ao lado e a conversa ia fluindo. Mais uma caneca e diz um deles:

— Lembras-te, de quando estivemos no Sul? Já lá vão uns bons anos...

– Claro que lembro, diz o outro. Foram tempos complicados, mas eu até gostava. Fazíamos de tudo e para além de soldados até de guarda civil fazíamos. Às vezes tínhamos de correr atrás dos ladrões e eles fugiam para o outro lado da fronteira. Lembras-te?

– Eureka!!! Será que estou a ouvir bem, pensou Dercos.

– Boa tarde. Desculpem meter-me na conversa, mas percebi que tinham estado no Sul como soldados e, virando-se para o lado, pediu à copeira para trazer mais três canecas.

– Eu também lá estive, ainda no tempo do falecido rei, que Deus tenha.

– Então é como nós, responderam os outros. Como o mundo é pequeno, amigo.

– É verdade, respondeu Dercos. São de aqui perto, ou estão de passagem?

Conversa de circunstância durante algum tempo, recordações antigas e um deles, disse:

– Por acaso viemos do sul. Sabe como é, casamos por lá, filhos, conseguimos arranjar um pouco de terra e agora somos agricultores. Viemos à cidade tratar uns assuntos e logo que possível partimos.

– Que bom, pensou o espião. Com sorte, tenho companhia para a viagem. É bem melhor que ir sozinho por essa terra de Deus. Então disse.

– Se não virem inconveniente, gostaria de vos acompanhar. Tenho assuntos a tratar lá para baixo e assim íamos juntos

– Com certeza, companheiro. Iremos todos juntos, disse um deles.

– Já agora, que vamos ser companheiros de viagem o meu nome é Dercos e moro aqui perto. Sou criador de porcos.

– Prazer amigo Dercos. Eu sou o Kirlo e deu-lhe um forte aperto de mão.

– E eu sou o Avamis. Faremos uma boa equipa. Então vamos tratar do que temos a tratar e dentro de dois dias o mais tardar, encontramo-nos aqui logo pela manhã.

– Combinado, disse Dercos.

Regressou a casa, fez os últimos preparativos, juntou e guardou no celeiro comida para os porcos comerem, arrumou alguma roupa e alguma comida e disse para a mulher:

– Amanhã, como tinha dito, vou partir. Já guardei comida no celeiro para dares aos porcos.

Ainda durante a noite, pensou:

– O estrangeiro falou em três homens e eu só tenho dois, mas até parecem interessar, pelo que ouvi. Será menos um encargo e sobrará mais algum para mim. Ficou satisfeito com a ideia e adormeceu.

7. O CONTRATO DOS AJUDANTES

De manhã cedo foi direto à Taberna do Corvo e os dois amigos já o aguardavam.

— Bebem alguma coisa antes de partir?

— Não. Obrigado, responderam. Beber, só quando petiscamos algo, mas ainda é muito cedo.

Dercos gostou do que ouviu. Pelo menos, são comedidos, pensou. A cidade ficou para trás e todos verificaram se tinham os punhais bem fixos por baixo das capas. Dercos, perguntou então:

— Pelo que ouvi anteontem, vocês ainda andaram em escaramuças lá pela raia.

— Sim andámos. Um e o outro. Nesse tempo, ainda tínhamos espada para nos defender e atacar, disse Kirlo. E às vezes, mesmo assim era um problema, porque eles vinham bem armados. Sabiam ao que vinham.

— É verdade, acrescentou Avamis. O que valia, é que a umas léguas da fronteira, havia uma fazenda grande com muitos serviçais, que às vezes nos ajudavam com varapaus, forquilhas e o que houvesse à mão.

Dercos, franziu a testa e pensou:

— Acho que sabem mais do que eu. Conhecem bem a zona.

Disfarçadamente, foi dizendo:

— Eu venho com um trabalho para cumprir, sabem? Uma espécie de espionagem para um homem importante da corte.

— Espionagem?! Dizem os outros admirados.

— Sim, observar, ver e tirar conclusões. Logo que tenha as informações que preciso, voltarei a partir. Na verdade, precisava de duas pessoas para me ajudar. Seis ouvidos, sempre ouvem mais do que dois.

— Isso é verdade, disse Avamis.

— E é coisa para muito tempo, ou não? perguntou Kirlo.

— Depende de como as coisas correrem. Eu também me quero despachar logo que possa, informou Dercos.

– É coisa que podemos encarar diz Kirlo. E quanto pensa pagar por essa ajuda?

– Pagarei bem. Duzentos dobrões a cada, mas estarão comigo até ao fim.

– Duzentos dobrões, repete Kirlo. Tenho de convir que é uma bela "maquia". O que dizes Avamis?

– Por esse dinheiro todo, só posso dizer que sim. Aceito.

Dercos, passou então a explicar em detalhe o que pretendia e o que teriam de fazer. Ouvir, observar e fazer perguntas que não chamem a atenção, é o essencial para obtermos resultados.

– Uma nova missão, disse Avamis. Parece que voltamos a ser soldados. Vamos a isso Dercos. Alguma coisa havemos de descobrir ou eu não me chame Avamis.

No final do dia, maçados, lá chegaram a uma pequena aldeola. Dercos, estava satisfeito com o que tinha visto e ouvido até aqui.

– Parece-me que acertei, pensou.

8. VISITA Á MADRE SUPERIORA

A aia encarregada da sala de aprender, saiu acompanhada de outra dama e lá foram procurar o padre e a monja superiora. Foram primeiro ao convento que ficava um pouco mais longe. Entraram, disseram quem eram e que pretendiam ser recebidas pela superiora.

Aguardaram um pouco e então lá surgiu a monja, acompanhada por duas ajudantes. Era uma senhora de idade avançada, bastante trôpega, trazia uma pequena bengala de apoio e via bastante mal. Apresentaram-se, cumprimentaram-se e começou por falar uma das aias.

— Vimos por mando direto da rainha, irmã superiora e gostaríamos de falar consigo sobre um tema que sua majestade considera muito importante. Educação das crianças e dos jovens. A superiora ouviu, fez uma pausa e respondeu.

— Em primeiro lugar, fico honrada por a rainha nos ter indicado, minhas filhas. Ela é uma senhora muito culta, de bons sentimentos e generosa. Gosto muito dela. Em segundo lugar, uma pergunta. Que tipo de educação pretende sua majestade?

Nós estamos muito virados para o ensino e educação das nossas monjas e por isso, temos uma formação adaptada à nossa função, privilegiando o latim, canto gregoriano, textos sagrados e filosofia.

São estudos mais avançados, porque todas as nossas monjas já aprenderam a ler e a escrever há muito.

— Compreendo, madre superiora. Nós transformamos um pequeno celeiro em sala de aulas, lá no castelo e temos neste momento doze alunos. Mas sentimos que não temos os conhecimentos necessários para desenvolver melhor os estudos, porque não temos experiência e amanhã, as crianças terão de avançar na aprendizagem. Foi por isso que a rainha nos mandou.

— E nesse caso, o que pensa a irmã sobre o nosso assunto, perguntou a aia.

– Penso que não devemos desperdiçar esta oportunidade. Como disse, temos uma grande tradição no ensino. Se a coroa entende que isso deve ser feito, nós só temos de nos regozijar e dar graças a Deus, por a rainha ser uma pessoa sensível ao conhecimento e à cultura. Claro que, para montar aqui uma escola para ensinar leigos, vai obrigar-nos a algumas alterações.

Precisamos de um espaço adaptado num local perto da entrada, para não perturbar a nossa vida interna e, depois, teremos de arranjar monjas preparadas para o efeito, mas aí, penso que não teremos dificuldades de maior.

– Que maravilha madre superiora. Ficamos tão felizes, disse a aia. As crianças devem começar pelo princípio: aprender a ler e a escrever e saber fazer contas. É a nossa prioridade. Depois, a madre, com maior conhecimento que nós, decidirá outras matérias a aprender. Quem sabe não teremos por aqui, sem saber, um futuro sábio. Todas se riram.

– Não sabemos minha filha, mas os sábios nascem como todos nascemos, disse a monja. Muitas vezes, as oportunidades, é que são diferentes. Agora implementar tudo isso, pensando que amanhã irá haver mais alunos, vai exigir um esforço financeiro que nós não temos. E depois, temos de dar pelo menos o café quente e alguma coisa para comer. Sabe que isso, ajuda a atrair novas crianças.

– Sim, sem dúvida. Nós lá no castelo, também já damos café e pão no intervalo e sabemos que eles ficam contentes.

– Nem mais minha filha. Pequenas coisas, às vezes, podem produzir grandes resultados. E já me esquecia. Terá de perguntar se a coroa está na disposição de nos financiar com alguma coisa. Como sabe, aumentando os alunos, teremos de aumentar o espaço e o número de monjas a ensinar e isso, custa dinheiro que nós não temos.

– Concordo inteiramente madre superiora. Iremos apresentar a sua questão à rainha. Estou segura de que arranjará uma boa solução. A iniciativa foi dela e todos sabemos que, para fazer tal coisa, é preciso dinheiro.

Despediram-se efusivamente das monjas e caminharam contentes até à Igreja. Entraram e o padre já as aguardava na sacristia. Entretanto, pensava:

— Duas visitas por parte do castelo em tão pouco tempo...estou muito pretendido.

— Boa tarde, senhor padre. Apresentaram-se, cumprimentaram-se e o padre, solicito, disse:

— Bem-vindas à nossa igreja, minhas filhas. Em que lhes posso ser útil?

E umas das aias, explicou tudo o que já tinha dito à monja superiora. O padre foi lesto na resposta:

— Muito gostaria de ajudar, mas eu nada tenho e quase ninguém tenho para me ajudar, minhas filhas.

Apenas um bom homem que me assiste nas missas e uma boa crente que vai limpando a igreja e colocando umas flores, quando as há, no altar da Virgem. A vida de padre, é uma vida solitária, dedicada aos outros, mas neste caso nada posso ajudar infelizmente. Mas recomendaria que falassem com a superiora do convento...

— Já falamos, senhor padre. Obrigado, disse a aia. Não quisemos deixar de vir aqui, mas compreendemos as suas limitações. Obrigado na mesma.

Saíram a caminho do castelo e, pelo caminho, iam falando. Estavam muito satisfeitas com o que tinha acontecido. A freira superiora tinha sido muito acolhedora e sabia o terreno que pisava. Agora, era preciso sensibilizar a rainha para que algo mais acontecesse.

9. ENCONTRO COM AS MILÍCIAS

Pela manhã, os três amigos desceram mais para sul. A fome apertava e procuraram onde comer alguma coisa. Encontraram um pequeno povoado e Dercos, satisfeito:

– Aqui, antigamente, havia uma pequena taberna que servia comida. Vamos ver se ainda existe. Trotaram mais um pouco e encontraram a taberna. Dercos, ficou admirado. Por fora, tudo limpo e no interior, tinham alargado a sala, que nas paredes tinha penduradas várias cabeças embalsamadas de veados e javalis, bastantes mesas e copeiras a servir, simpáticas.

– Ena. Isto por aqui, teve boas e grandes mudanças. No meu tempo, era um pequeno pardieiro. Era entrar comer o que houvesse e sair. Vamos sentar-nos, comer e ouvidos bem atentos. Já sabem. Daqui para diante, olhos e ouvidos bem abertos!

A copeira abeirou-se:

– Então forasteiros. Com fome? Temos carne de veado assada e sopa para servir.

– Traga comida e vinho para três menina, disse Dercos.

Várias mesas ocupadas, indicavam que havia muita frequência.

A copeira veio com a comida e Kirlo, perguntou:

– Como vão as coisas aqui pela raia? Tem havido mais sossego? Antigamente era uma balburdia com os assaltos... e Avamis: – estivemos aqui como soldados e era um corre-corre atrás dos ladrões.

– Melhorou muito, senhores. Tem havido poucos assaltos ultimamente, disse a copeira.

– Ai sim? Então conseguiram matá-los todos, perguntou Dercos a sorrir.

– Acho que não senhor. Há uns anos para cá arranjaram por aí uma espécie de milícia, que os tem mantido afastados, graças a Deus.

– Pois olhe que tiveram uma bela ideia, disse Avamis. Bom apetite senhores. A fome aperta.

As mesas foram sendo ocupadas e entram mais seis homens. Todos mais ou menos jovens, até aos quarenta anos, de uma forma geral, todos de escuro como se fosse uma espécie de uniforme. Com à-vontade sentaram-se nas mesas do lado e chamaram uma copeira pelo nome.

— Clientes habituais, disse Kirlo em voz baixa.

— É o que parece, respondeu Dercos. Até sabem o nome das criadas. Vamos estar atentos.

A copeira abeirou-se dos seis homens:

— Então o que vai ser hoje? Temos veado assado.

— Traga o que tiver, disse um deles. Amanhã, queremos javali estufado. Acabamos de trazer um ao patrão. Duas flechas, foi o suficiente. Caiu direitinho.

Mais um pouco e entraram mais seis homens. Eram conhecidos do grupo anterior. Mais ou menos jovens, predominavam as roupas escuras e cumprimentaram os que tinham chegado antes. A taberna, estava bem composta. Com os dois grupos juntos, a algazarra aumentou de tom.

— Nós amanhã também queremos javali, disse um deles.

— Se quereis javali, arranjai unhas e matai um, disse outro. Nem arqueiros tendes para acertar num boi, quanto mais num javali. Todos se riram da piada. Pois é, diz outro.

— Mas quando se trata de perdizes, quem as apanha somos nós e vocês também comem.

— Lá isso também é verdade. Então amanhã apareçam, mas venham tarde. Todos se riram novamente.

Dercos e os seus dois homens, ouviam com atenção e tiravam deduções:

— Estão aqui doze homens e parece que andam juntos, pela conversa.

— No domingo o chefe faz anos. Temos de fazer aqui uma jantarada.

— Não vai dar, diz outro. Não cabemos todos.

– Temos de caber. Juntamos as mesas todas e temos de arranjar carne até lá.

Dercos, percebeu que havia mais homens e que seriam bastante mais.

– Meus amigos, como veem, isto promete. Vamos pagar e pedir à copeira para nos guardar uma mesa, se conseguir, para domingo à noite. Já agora, vamos tentar perceber melhor quantos são e o que dizem, depois de beberem uns copos.

Chamaram a copeira, deram-lhe uma moeda e pediram-lhe para guardar uma mesa para domingo à noite. A mulher disse que seria difícil, mas que iria tentar, que ficassem descansados.

– Temos dois dias até domingo à tarde. Viremos um pouco mais cedo, para ver se nos toca uma mesa. Entretanto, vamos descer mais um pouco e seguir um caminho paralelo à fronteira. Falam num Vale da Morte, conhecem?

– Não. Não conhecemos, responderam os dois ajudantes.

– Mas há um vale bastante profundo e estreito junto à fronteira do nosso lado, disse Avamis. Só se for esse. Por aqui perto, que eu saiba, vales pronunciados há poucos, ou ne-nhum, a não ser o que vem da fronteira para aqui.

10. RAINHA ASSUME A EDUCAÇÃO

As aias pediram se a rainha as podia receber e foram imediatamente atendidas. Uma delas falou:

– Queremos comunicar-lhe o que se passou no convento, majestade. Imaginamos que esteja ansiosa por saber.

– Sim estou de facto, disse. Espero que tragam boas notícias porque, principalmente as freiras, são a nossa grande oportunidade, já que o padre, penso eu, poucos meios terá.

– Sim, majestade, disse a outra aia. De facto, o senhor padre foi muito direto e disse logo que não tinha meios, mas foi muito colaborativo e simpático.

Quanto ao convento, trazemos boas notícias. Fomos muito bem recebidas e a madre superiora é uma pessoa muito prática e conhecedora do assunto. Ficou até muito contente, porque sabe que noutros reinos já se ensina nos conventos e que era muito bom que aqui acontecesse o mesmo.

– Ótimo. E quanto aos pormenores... disse a rainha.

– Elas têm um espaço que podem adaptar, junto à entrada e até pensam em dar café quente e pão aos alunos, mas referiu que tudo isto traz encargos que sozinhos não podem suportar e pediu a vossa ajuda, senhora.

– Claro que iremos ajudar, disse a rainha. Também é nosso dever. Dizem-me que será preciso fazer algumas obras, dar o café e o pão aos alunos, mas também será preciso arranjar lousas e algum papel, para se aperfeiçoarem. E depois, também, os custos de manutenção.

– Pois majestade, tudo isso terá de ser encarado, disseram as aias. E com o andar do tempo, se tudo correr bem, haverá mais alunos e também mais despesas...

– Sim. É verdade disse a rainha. Faremos então o seguinte: Quando voltarem lá, irão levar duzentos e cinquenta dobrões. Entretanto, mandarei fazer uma carta, assumindo que o reino fará essa entrega anualmente, sujeita a alterações, conforme as necessidades, depois de avaliação.

Esse dinheiro, dará para iniciarem as alterações, e comprar o necessário para os alunos até ao fim deste ano. Penso que é uma boa maneira de iniciar esta colaboração. Finalmente, digam à madre superiora que gostaria de a receber e trocar impressões com ela.

– Assim faremos, majestade. Queremos dizer-lhe que, pessoalmente, estamos muito felizes com tudo o que está a acontecer. Vai ser um avanço muito grande para todos nós.

11. ENCONTRO COM AS MILÍCIAS

Os três espiões seguiam o seu caminho e viram um grupo de seis cavaleiros que se aproximava. Todos vestidos de escuro, todos com armas à vista e uma postura dominadora. Um deles, perguntou:

– O que os traz por aqui tão longe, homens de Deus? Estamos perto da fronteira e isto por aqui não é seguro.

Quando deram por ela, estavam cercados, mas sem qualquer tipo de ameaça.

Dercos, ponderadamente, respondeu:

– Andamos à procura de trabalho, senhor. Eu sou criador de porcos e os meus amigos sabem de lavoura. Se nos puderem indicar uma boa quinta para perguntar, ficaremos agradecidos.

Os homens, ficaram em silêncio uns segundos e depois disseram:

– Tenham cuidado aqui por estas bandas. Vocês andam desarmados?

– Trazemos uma pequena adaga cada um, para o que possa aparecer senhor, respondeu Avamis.

Após analisarem os três amigos insistentemente, disseram:

– Nós, aqui por estas bandas, funcionamos como guardas. Quando eles aparecem, caímos-lhes em cima com tudo o que temos e mesmo assim não os conseguimos parar. Roubam tudo o que apanham e são capazes de matar. Na verdade, pagamos-lhe com a mesma moeda: de vez em quando, passamos a raia e fazemos o que eles nos fazem. Roubamos o que for possível e matamos também, se for preciso.

– Sigam o vosso caminho, sempre junto à fronteira e encontrarão uma quinta grande, com uma grande casa no meio. À entrada, deve estar um guarda. Peçam-lhe para falar com o patrão.

Os três amigos despediram-se e agradeceram aos "guardas".

O terreno formava uma inclinação, voltava a subir e, logo no início, começava a quinta que se expandia para sul. Aproximaram-se do que devia ser a entrada e encontraram o guarda, vestido de escuro, que tinha à cintura um pequeno sabre.

— Boa tarde, senhor, falaram os três. Queremos falar com o patrão. Procuramos trabalho e uns cavaleiros que encontramos, disseram que podíamos perguntar aqui.

O guarda olhou-os atentamente, desconfiado e perguntou:

— Estão armados?

— Não senhor, responderam os amigos. Temos apenas uma adaga pequena cada um. Sabe como é...

— Deixem aqui as adagas e quando saírem, peçam-nas de

volta. Os espiões olharam uns para os outros, surpresos e lá entregaram as adagas.

— Subam a ladeira e ao lado esquerdo, está a casa do patrão. Subiram e pelo caminho, puderam perceber que havia muita gente pelos campos. Era uma quinta poderosa, pensaram. Bateram à porta, grossa e robusta, puxando um pequeno badalo e duas mulheres fortes, apareceram:

— O que pretendem senhores, perguntou uma delas.

— Queremos falar com o patrão, senhora. Disseram-nos para vir aqui. As mulheres passaram uma porta lateral e, pouco depois, vinham com um homem de idade avançada, trôpego, mas corpulento de aparência imponente.

— Digam ao que veem homens de Deus, disse em voz baixa.

— Encontramos uns cavaleiros que nos disseram que poderia ter trabalho para nos dar senhor, disse Dercos. Eu sou criador de porcos e os meus amigos, sabem de lavoura...

— De onde são vocês, perguntou o patrão interrompendo.

— Nós somos lá do Norte, mas na verdade, como não temos trabalho certo, andamos por todo o lado, senhor.

— Entendo, disse o idoso. Saltimbancos!

— Uma espécie disso, senhor. Estamos onde há trabalho.

— Pois bem, continuou o homem, depois de pensar um momento. Nesta altura não tenho nada para vocês. Devem ter visto os criados por aí e estamos no fim das colheitas. Mais uns quinze dias e dispensarei quase todos os que aí andam. Isto já não é como antigamente.

Isto já foi uma grande propriedade, com muita produção e muitos criados, mas depois da morte do meu saudoso filho e herdeiro, tudo mudou. Dizem que foi assassinado aqui perto. Amaldiçoados os que o mataram. É por isso que as mi-

lícias andam por aí. A isso fui obrigado.

Os três amigos, estavam surpreendidos com o que ouviam e, de repente, entra um homem alto de sabre à cinta, vestido de negro e dirige-se ao patrão com voz autoritária:

— Patrão venho avisá-lo que no sábado e no domingo, ficará apenas um guarda na quinta. É o meu aniversário e o pessoal decidiu fazer uma festa a que eu aderi, como deve calcular. Vejo que tem aqui visitas... disse com ar interrogativo.

— Falaram com o guarda?

— Falamos sim, apressaram-se a dizer os três amigos.

— É só isso. Agora vou para o lameiro grande porque hoje é dia de instrução geral.

Cumprimentou e saiu de repente, como tinha entrado.

Uma pausa na conversa, o patrão cabisbaixo e os três amigos incrédulos:

— Afinal, quem manda aqui?

O velho homem veio a si e disse:

— O desgosto e a idade, serão o meu fim. Contratei este homem há vários anos, para me fazer um trabalho que tinha de ser feito e não estou arrependido. Os anos passaram, envelheci, fiquei adoentado e agora quase não mando no que é meu. Se fosse há uns anos, já lhe teria tratado da saúde.

— Sendo assim, tem toda a razão senhor, disse Kirlo. Com todo o respeito, mas este homem deixou claro quem manda aqui.

– É como diz. Os tempos mudam e a idade não ajuda... é tudo isso, sim senhor. Chega um tempo na vida em que já nada importa, concluiu o velho patrão.

– Senhor, desculpe, diz Dercos. Acha que poderemos passar aqui a noite num dos celeiros? Seria um grande favor. É quase noite.

– Por mim, podem ficar, mas logo no primeiro. Os outros estão ocupados pelos meus homens e pelos dele. Assim tem de ser. Há...depois do anoitecer, evitem andar por aí. Eles têm tudo vigiado, não vá acontecer alguma coisa.

– Obrigado, senhor, agradeceu Dercos.

Saíram da casa, pegaram nos cavalos e foram a pé. Olharam com atenção e, nos campos mais próximos, havia homens a trabalhar na lavoura. Continuaram mais um pouco e entraram numa zona com arvoredo e arbustos. Olharam para um lado, para o outro e descobriram o que seria o celeiro, bastante afastado dos outros. Entraram, havia palha com fartura, deram de comer aos cavalos e prepararam umas es-teiras para dormir. Ficou de noite e Dercos disse:

– Estou com uma ideia na cabeça. Esta zona onde estamos tem bastante vegetação e podemos, com cuidado, tentar perceber o que se passa nos outros celeiros. Que acham?

– Achamos que sim, chefe, disseram os outros dois.

Avançaram pelo meio dos arbustos, devagar e agachados. Andaram mais um pouco e ouviram barulho ao longe. Mais uns passos e, espreitando pelo meio do mato, viram vários homens com arcos e flechas, atirando contra espantalhos de palha que ardiam. Rodaram pela esquerda mais coberta de mato e viram mais homens que esgrimiam uns com os outros, qual treino militar. Ainda outros, treinavam luta corpo a corpo.

– Vocês estão a ver? disse Dercos baixinho. Isto não é uma quinta. É um aquartelamento e grande.

– Meu Deus, disse Avamis. Se não visse não acreditava.

– Estão aqui pelo menos trinta ou quarenta homens, disse Kirlo.

– Ou mais, afirmou Dercos. Tudo isto só para defender uma quinta e um velho? Muito estranho!

De repente, uma voz autoritária berrou ao longe:

– Pronto, homens. Por hoje chega. Sábado e domingo temos festa e descanso. No dia seguinte, à noite, teremos trabalho a fazer.

– Vamos, vamos, vamos... diziam os outros em coro. Começaram a dispersar, mas os três amigos, aguardaram mais um pouco em silêncio.

– Parece que acabou a festa, disse Dercos. Afinal, tivemos uma grande surpresa. Vamos pelo mesmo caminho, com cuidado, dormir na nossa palha. Parece que na segunda-feira vai haver arraial à noite. Temos de conversar e acertar o que iremos fazer.

12. A RAINHA E A SUPERIORA

No dia seguinte pela manhã, as aias dirigiram-se ao convento e pediram para falar com a madre superiora. Quase de imediato a madre apareceu e convidou-as a entrar para uma sala modesta, impessoal, mas limpa. Sentaram-se e uma delas, falou:

— Tínhamos prometido voltar e aqui estamos. Temos boas novidades para lhe dar, madre.

— Boas novidades são sempre bem-vindas, minhas filhas. Contem-me então, pois estou ansiosa por saber.

— Sabe madre, disse uma das aias, sua majestade ficou muito alegre com o que lhe contamos e mandou entregar-lhe este dinheiro. São duzentos e cinquenta dobrões.

— Duzentos e cinquenta dobrões? Isso é muito dinheiro, minhas filhas. Dará para um ano inteiro, salientou a freira.

— Sim madre, é verdade. Mas como sabe serão precisas algumas obras e cadeiras e algumas mesas para os alunos se sentarem e isso vai trazer despesas. Por isso a rainha mandou todo esse dinheiro, pois não quer que o convento tenha de assumir qualquer despesa, até ao fim do ano.

— Muito grata fico a sua majestade, suspirou a madre. Logo que possível, iremos fazer os melhoramentos necessários e começar a ensinar as nossas crianças. Vai ser uma alegria para esta casa, ver e ouvir doze crianças.

— É verdade madre. Crianças, significam alegria e vida, disse uma aia. E já agora, a rainha deseja que a visite, pois gostaria muito de trocar impressões consigo.

— Comigo? Disse a madre. Será uma grande honra para mim e para todas neste convento de Deus. Irei tão breve quando possível e digam-lhe, por favor, que ficamos muito agradecidas com a benevolência e compreensão. Que Deus lhe pague tanta bondade.

Despediram-se efusivamente e as aias saíram.

– Parece-me que a madre ficou muito satisfeita com o dinheiro que lhe entregamos, disse uma delas.

– Eu diria que ficou feliz, disse a outra. Afinal, se não tivéssemos trazido o dinheiro agora, provavelmente iriam ter dificuldades para fazer o que vai ser necessário. Até nós estamos felizes.

A madre superiora não queria fazer esperar a rainha e, no dia seguinte, pôs-se a caminho. Foi recebida pelas duas aias, que a encaminharam até a uma sala quente e confortável.

– Aguarde um momento, madre. A rainha não vai demorar. Pediram licença e saíram.

Pouco depois, entra a rainha Delca. Sorridente, carinhosa e bonita:

– Obrigado por ter vindo madre superiora. Saiba que fico muito feliz por poder conversar consigo. Conto muito com a sua experiência e saber.

– Obrigado, eu, majestade. Disse a freira. Nunca pensei que a educação pudesse ser o motivo para o nosso encontro. Sinto-me honrada e só espero poder corresponder aos vossos desejos.

– Com certeza que a madre irá satisfazer não apenas o meu desejo, mas os desejos de todos os que querem aprender. Eu sei que há outros reinos onde já há escolas administradas pela igreja e também sei que os resultados alcançados são muito bons. Esta oportunidade surgiu e, confesso, não a quis desperdiçar. Até o senhor meu marido, achou que o assunto devia merecer a atenção da corte e da nobreza, pela

relevância que tem.

– Concordo inteiramente majestade, disse a madre. A minha idade e a vivencia no seio dos conventos, permitiu-me aprender muito. Há de facto outros reinos onde já se aprende há muito tempo. Mas mesmo assim, no seio da própria igreja, há quem não apoie a disseminação da cultura. Muitos, pensam que nem todos devem aprender. Na minha forma de ver, é uma espécie de preservação dos seus privilégios, que sentem ameaçados, se todos aprenderem a ler e escrever.

A rainha não conseguiu evitar a surpresa:

– Mesmo no seio da própria igreja, irmã?

– Sim, majestade. Muitos daqueles que hoje ministram a cultura, são oriundos de famílias nobres, que cedo se dedicaram às artes. Por serem poderosos, nunca trabalharam nas lavouras, nem nunca souberam o que é trabalho manual. Por isso mesmo, temem que ensinando artes a quem trabalha, possa diminuir os seus privilégios.

– Muito me surpreende madre. No reino onde nasci, na corte, todos aprendemos artes. É obrigatório. Mas nunca tinha abordado este tema com ninguém, confesso. Nem nunca tinha pensado que só os mais poderosos poderiam estudar. Não imaginava as coisas assim. Nesse caso, penso que estamos a dar um pequeno passo a caminho de uma maior justiça e igualdade.

– Sem dúvida, majestade. Um pequeno, mas muito importante passo, mesmo que isso possa incomodar os tais que querem guardar o conhecimento só para si.

– Mas, diga-me então madre: como tenciona começar as aulas? O que ensinar, para as crianças poderem aprender?

– Saiba vossa majestade que nós costumamos ensinar as sete artes liberais: gramática, retórica, lógica, aritmética, geografia, astronomia e música. As nossas crianças não irão aprender já todas estas artes. Pensamos que podemos começar apenas por gramática, aritmética, geografia e música. A música é muito importante. Alegra a mente e a alma. Nós privilegiamos o canto gregoriano, porque é um enorme prazer assistir e ouvir, como vossa majestade sabe.

A rainha estava surpreendida.

– Madre, disse. Verifico com muito agrado o seu profundo conhecimento do ensino e digo-lhe uma coisa: quase estou arrependida de não a ter conhecido mais cedo. É uma bênção poder usufruir da sua companhia e do seu saber.

Daqui para diante, pode contar comigo e com a corte. Iremos contraventos e marés. O nosso povo tem o direito de aprender, tal como nós aprendemos.

13. O CONVITE DAS MILÍCIAS

Dercos e os seus amigos, regressaram ao celeiro silenciosamente. Deitaram-se na palha quente e fofa e Avamis, no escuro, perguntou:

– Como vamos fazer amanhã? Isto começa a aquecer e bem.

– É isso mesmo, está quase a ferver, mas eu, pelo caminho, vim a matutar no assunto, disse Dercos. E continuou: Temos quase dois dias até à festa do chefe da milícia. De manhã cedo partiremos a caminho da taberna onde farão a festa. Não precisamos de ir a correr. Se tudo correr bem e eles falarem tudo o que eu quero ouvir, poderemos terminar o nosso trabalho e regressar a casa.

– Ó chefe! Logo agora que estou a começar a gostar disto, vamos embora? perguntou Kirlo.

– Sim. Responde Dercos. Se correr bem e as informações forem satisfatórias, como já disse. Se não correr bem, provavelmente, teremos de voltar para o sul.

Iam trotando e conversando calmamente, quando Avamis avistou um grupo de doze cavaleiros, que vinham no mesmo sentido. Os homens aproximaram-se:

– Para onde vão amigos? Dercos tomou a palavra e respondeu:

– Vamos para norte, senhor.

– Para norte, mas para onde? Perguntaram os homens.

– Para norte, mas sem um destino definido, voltou a responder Dercos. Procuramos trabalho e estivemos numa grande quinta lá mais para baixo, mas o patrão disse que nesta altura não tinha nada para nós por estar no fim das colheitas...

– Há! disse um deles. Então vocês são os que passaram lá a noite.

O guarda disse que tinham chegado três desconhecidos...

– Sim, senhor. Somos nós, disse Dercos. Agora, vamos procurar noutro lado... até encontrar...,

– Então podemos ir todos juntos, porque nós também vamos para cima, disse um deles.

– E vocês o que sabem fazer? Perguntou outro. Estão armados? Dercos respondeu:

– Não senhor. Temos apenas uma pequena adaga cada um. Sabe como é...

– Lá isso é verdade, disse o homem. Por aqui, tudo pode acontecer, quando menos se espera. Então trabalham a terra? São rurais?

– Mais ou menos isso, disse Kirlo. Aqui este nosso amigo é que cria porcos, quando tem trabalho.

– Porcos? pergunta o homem. Pois hoje a nossa comida vai ser javali. Vamos à festa do nosso chefe e vai ser de arromba. Pelo menos cinquenta homens vão lá estar para comer, beber e festejar pela noite dentro.

Dercos exclamou:

– Cinquenta homens é muita gente.

– Sim, é muita gente, se forem todos, disse o homem.

– Todos amigos? Pergunta Dercos.

– Sim, podemos dizer isso. Trabalhamos na milícia e somos quase uma família.

– Isso é uma coisa boa. Ter muitos amigos é sempre bom. E se na milícia pagarem bem, então ainda melhor...,

– Não nos podemos queixar. Em cada trabalho, todos recebemos a nossa parte e de quinze em quinze dias, todos recebemos o nosso salário.

– Ena, exclamou Dercos a rir-se. Vocês podem viver bem e à larga.

Um dos homens, parece ter simpatizado com os três amigos e perguntou:

– Se quiserem, podem vir à nossa festa. Penso que mais três pessoas não farão diferença.

– Agradecemos muito, mas iremos jantar a uma taberna onde já comemos quando viemos para baixo, informou Dercos.

O homem insistiu e Dercos disse que era uma taberna perto de um pequeno povoado, até muito bem arranjada.

— Mas... é mesmo aí que nós vamos comer também, disse o homem.

— Também não há muito onde comer por aqui, interveio Avamis.

— É verdade disse o homem. Quem não conhecer a região, pode passar fome, ou tem de caçar qualquer coisa, se quiser comer.

Foram cavalgando, agora um pouco mais rápido, pois os companheiros de viagem pareciam ter pressa em chegar. Dercos, tinha a cabeça num rebuliço. "Quando fazem um trabalho dividem, e ainda um salário quinzenal" pensava. Quem serão afinal estes homens?

O miliciano aproximou-se de Dercos e perguntou em tom de galhofa:

— Vocês sabem alguma coisa de armas? Se souberem e quiserem aprender mais, talvez se arranje trabalho para os três. Sempre vamos tendo baixas...e deu um sorriso maroto. Dercos não sabia o que responder. Passou a mão pelo pescoço, ajeitou-se melhor na sela e lá conseguiu arranjar uma res-

posta.

— Obrigado, bom amigo, mas nós não somos gente de armas e pouco ou nada sabemos da arte.

— É pena porque podiam ganhar bom dinheiro, disse o homem. Claro que existe o risco de alguns de nós morrerem, mas em qualquer lugar se morre.

— Como assim? Diz Dercos. Vocês são combatentes? Entram em combates?

— Não lhe vou contar tudo, mas de vez em quando, atravessamos a fronteira e com a ajuda dos nossos amigos do outro lado, escolhemos as aldeias melhores e fazemos a limpeza. Não matamos, apenas se for necessário. Depois, regressamos à quinta onde dormiram e o chefe distribui por todos.

Para compensar, os nossos amigos fazem por aqui umas visitas e limpam também o que podem, menos a nossa quinta, que está bem guardada. Claro que todos nós temos de guardar o maior segredo. O que falar, sabe qual é o destino que o espera. Então o que me diz? perguntou.

Dercos, estava tonto com o que ouvia. Bandidos organizados, bem treinados e armados! Humildemente respondeu:

– Obrigado. Agradecemos. Poderíamos ganhar bom dinheiro, mas a idade já não ajuda e teríamos de aprender tudo do princípio. Para um simples criador de porcos e dois rurais isso é uma coisa quase impossível.

O homem não gostou mesmo nada da resposta e lançou um aviso a Dercos:

– Não vou perder mais tempo com vocês. Sabe o que acontece a quem contar o que aqui se passa. Façam boa viagem e esta conversa nunca existiu, para o vosso próprio bem. Virou-se para os companheiros e ordenou:

– A galope. Vamos mais rápido. E partiram à desfilada. Dercos, sentiu alívio quando viu os homens à distância e pensou para si:

— O tipo de gente que tudo pode fazer: roubam e matam e nada lhes acontece. Alguma coisa terá de ser feita. Esta pobre gente que por aqui vive, tem esse direito.

14. PRIORIDADE AO CANTO

A madre superiora despediu-se da rainha e, repentinamente, abraçou-a e deu-lhe um afetuoso beijo na face:

– Desculpe majestade, mas gostei tanto de a conhecer, senti tanta bondade no seu coração, que foi a única forma que encontrei de lhe exprimir o meu agradecimento.

– Obrigado, madre. Eu é que tenho de agradecer toda a sua boa vontade e compreensão. Acho que ficaremos amigas e muito próximas. Temos várias coisas em comum, o que nos poderá unir ainda mais.

A madre saiu e a rainha sentou-se, e meditou durante vários minutos, pensando:

– Esta mulher merece a roupa que veste. Culta, conhecedora e empenhada em ajudar. Que maravilha seria se todos pensassem assim.

Pelo caminho, a freira pensava em tudo o que tinha conversado com a rainha:

– Que mulher formidável. Podia muito bem viver no seu conforto, como tantos outros, mas optou por abrir o coração e ajudar o seu povo. Vou fazer-lhe uma surpresa, que bem a merece. Irei arranjar tudo muito bem, boas mesas e cadeiras, café no intervalo e se tudo correr bem, no dia da visita teremos um coro de cântico gregoriano. Afinal a igreja, tem uma tradição pelo mundo: ensinar e educar. Será isso que iremos fazer aqui. Terei de falar com o bispo, mas não prevejo qualquer oposição. Também é uma pessoa esclarecida e, certamente, irá apoiar-nos. E iremos abrir as portas às famílias dos alunos e criar espaços de discussão pública, para que todos possam trocar e beber novas ideias. Mas primeiro, vamos começar pelo início. Aprender a ler e a escrever e can-

to gregoriano, para alegrar os corações.

Chegada ao convento, a superiora não perdeu tempo e chamou as suas assessoras, explicando exatamente o que pretendia. No fim, relembrou:

– Deem prioridade ao canto. Quando a rainha vier, queremos surpreendê-la. Iremos pedir aos párocos para, nas suas igrejas, incentivarem os jovens a vir à nossa nova escola. Temos muito que fazer, com a graça de Deus. As irmãs voluntárias que vão dar aulas, que se preparem para as matérias que irão lecionar. Vamos finalmente disseminar a educação na nossa terra.

15. INVESTIGAÇÃO ÁS MILÍCIAS

Os três amigos ficaram para trás e iam digerindo tudo o que tinham visto e ouvido durante aquelas horas, perplexos com os acontecimentos. Dercos quebrou o silêncio:

– Vocês já meditaram bem em tudo o que ouviram?

– Parece impossível, mas é verdade! Se me contassem, não acreditava, disse Kirlo. E ainda por cima, pelos vistos, andam à procura de mais homens, acrescentou.

Avamis, respondeu:

– A mim, o que mais me admira é o à-vontade e impunidade com andam por aí. Parece que não temem nada nem ninguém e que tudo isto lhes pertence. Fazem-se passar por uma espécie de guardas, mas afinal o que pretendem, é ter o caminho aberto para fazer assaltos à vontade, do outro lado da fronteira.

– E o velho? disse Dercos. O que vocês acharam? Imponente, mas submisso ao chefe dos milicianos.

Este homem que mal vimos, deve ter muito poder por aqui e até do outro lado da fronteira. Como conseguiram eles um acordo desta natureza? Uns assaltam de um lado e fazem-se passar por milícias do outro, enganando e provavelmente aterrorizando os aldeões. Gostava mesmo de saber mais sobre este chefe das milícias. Se não sc importam, vamos atravessar para o lado de lá. A festa é no domingo e, assim sendo, ainda temos algum tempo.

– Claro que não nos importamos, disse Kirlo.

– E qual é a sua ideia, Dercos? Perguntou Avamis.

– A minha ideia é simples: Com cuidado, vamos tentar encontrar aldeões ou uma aldeia, onde possamos saber mais sobre este chefe da milícia. Depois, voltaremos para o nosso
caminho.

Meteram por uma trilha estreita e passaram a fronteira. Percorreram mais umas léguas e encontraram um casal idoso na faina. Devagar aproximaram-se e o casal tremia como varas verdes.

– Boa tarde, disse Dercos.

– Boa tarde, senhor.

– Procuramos uns cavaleiros que costumam andar vestidos de escuro. Por acaso viram por aqui alguém parecido?

O homem estremeceu um pouco quando ouviu falar de homens vestidos de escuro:

– Durante todo o dia não vimos ninguém, senhor. São as primeiras pessoas que por aqui passam.

– Mas nunca os viram por aqui? Insistiu Dercos.

– Não senhor, respondeu o homem. Por aqui é raro ver gente.

– Obrigado pela informação, disse Dercos e já agora, se souber, diga-nos por favor onde se pode comer qualquer coisa. Estamos esfomeados.

– Desçam pela vertente da serra e aí a uma légua, irão encontrar meia dúzia de casas. Vão vê-las mesmo cá do alto. Lá, há uma taberna pequena, mas parece que servem comida, senhor.

Os três lá desceram a vertente e pouco depois entraram no povoado. Uma pessoa aqui, outra ali, mas quando viam os cavaleiros escondiam-se. Deram uma volta ao povoado e encontraram a taberna. Não havia ninguém. Apenas o taberneiro. Sentaram-se e pediram comida e bebida.

– A bebida arranjo já, mas a comida, vou ver o que se pode arranjar, respondeu o homem. Passados uns minutos voltou

e disse que podia arranjar umas fatias de cerdo, assadas na brasa.

– Ótimo disse Avamis. Sempre é melhor que nada e riu-se para o homem, que também esboçou um sorriso. Vieram as febras, mais um bocado de pão e um copo de vinho e foramdizendo banalidades.

O taberneiro começou a descontrair e então Dercos perguntou:

– Costuma ter muita gente por aqui?

– Ó! Não, senhor. Às vezes lá passam uns cavaleiros vestidos de escuro, olham para tudo, comem e saem.

– Isso já ajuda à despesa, diz Kirlo. E são sempre os mesmos?

– Não senhor, respondeu o homem. Que seria de mim! Costumam aparecer em grupos de seis. Uns são de cá e outros são do outro lado.

– Há! Já sei, diz Dercos disfarçadamente. O chefe deles anda de espada e é assim forte e alto, vestido de escuro.

O homem ficou mais à vontade e disse:

– Nem mais senhor. É isso mesmo. Ele é irmão do chefe miliciano daqui destas bandas, sabe? Por aqui chamam-lhe Maruf "O Mau". Mas não me querendo meter na vida alheia, sempre lhes digo para terem cuidado. São grupos grandes e fazem muito mal por aqui. Eu, tenho a sorte de ser taberneiro e eles precisam de comer e beber. É o que me vai valendo.

– Pois. Tem razão, sim senhor. Lá do outro lado, também costumam fazer mal a muita gente. Não se pode andar sossegado, disse Kirlo.

– É verdade senhor. Tenham cuidado por aí, disse o homem.

Dercos perguntou quanto devia, pagou e deixou uma boa moeda ao taberneiro.

– Boa tarde, disseram os três. As febras estavam muito boas. Saúde, obrigado e até à próxima. Saíram de barriga cheia e verdadeiramente estupefactos com as revelações do taberneiro.

– O que vamos fazer agora, perguntou Avamis.

Dercos estava ainda em transe e incapaz de estabelecer um raciocínio lógico. Tinha vontade de ser ele a resolver o assunto, mas sabia que não tinha qualquer hipótese. Trotou um pouco tentando arrumar as ideias e, por fim, falou:

– Como viram, estamos perante uma organização criminosa muito poderosa. Quem diria que o chefão daqui é irmão do chefão do outro lado! Impressionante como se consegue montar um esquema desta dimensão. Tenho pena das gentes que vivem por aqui. Devem viver aterrorizados. Eles sabem que os soldados da corte não aparecem por aqui e tomaram conta de tudo, vivendo à custa do que roubam aos pobres camponeses.

— Estes roubam do lado de lá e os de lá, veem roubar aqui. As milícias daqui fazem que defendem e os do outro lado, fazem exatamente a mesma coisa. Um cerco total ao povo que vive nesta zona da raia, disse Avamis.

— É isso mesmo, respondeu Dercos. Mas não podemos ficar demasiado entusiasmados. Isto está a ficar bastante perigoso, principalmente se eles perceberem que andamos a fazer perguntas e nós temos de sair daqui vivos. Temos uma reforma para gozar, disse a rir. Bom, resta-nos seguir para o local da festa de anos do chefão.

Temos de andar um pouco mais rápido agora. Vamos arranjar um local para passar a noite e mal rompa o dia, partire-
mos . Voltaram pelo mesmo caminho onde tinham encontrado o aldeão e viram uma cabana baixa, com telhado de colmo, encostada a um muro.

Por sorte, havia um fardo de palha velha, que dividiram pelos três.

— Isto deve ser o abrigo do velho aldeão, disse Dercos. Vai
dar-nos muito jeito. Está ali uma carreta velha. Vamos trancar a porta com ela porque, por aqui, nunca se sabe.

O dia tinha sido longo e de grande espectativa. Os três estavam cansados e a palha velha era um regalo. Foram amarrar melhor os cavalos, deram-lhes um bocado de palha e deitaram-se.

16. A PRIMEIRA ESCOLA

Era com grande satisfação que as freiras se dedicavam ao novo projeto. Já tinham chamado artífices para arranjar as paredes velhas, limparam a sala grande, arrumaram mesas e cadeiras e mandaram colocar um grande quadro negro na parede. Agora, era um regalo apreciar tudo. Satisfeitas com o trabalho, pediram à superiora para ir ver se gostava.

A superiora entrou na sala, percorreu tudo com o olhar, passou os dedos ao de leve pelas mesas e cadeiras e ficou estática a olhar para o quadro negro.

— Irmãs: não acham que a parede onde está o quadro, poderia ser mais alegre, ter mais vida, transmitir alegria e boa disposição aos meninos? Que ideias poderemos arranjar?

As irmãs, ficaram um pouco aturdidas, mas avançaram com sugestões.

— Podemos colocar espigas de milho roxo juntamente com uns pequeninos enfeites de palha, senhora, disse uma delas. Ainda outra sugeriu que se pintasse a parede com motivos religiosos e outra que se pintasse, mas com meninos e meninas alegres na escola.

— Ótimas ideias irmãs, disse a madre superiora. Podemos aproveitar duas delas, disse. Que acham, se pintarmos meninos e meninas alegres na escola e complementar com umas espigas de milho roxo aqui e ali? Assim, as crianças terão um ambiente mais acolhedor, alegre e motivador.

— Achamos que ficará muito criativo superiora e também achamos que será um espaço diferente do habitual e muito mais agradável, disseram as irmãs.

— Então, se estamos de acordo, deitemos mãos à obra.

Temos senhoras com jeito e arte para esse trabalho?

— Temos sim, superiora. Temos irmãs muito boas na arte de pintar, embora nunca tenham feito coisas tão grandes, disse uma delas.

Entretanto, os párocos nas suas paróquias, foram incentivando os pais para os benefícios de enviarem os filhos para a escola, como havia pedido a madre superiora. E era um apelo que lançavam todos os domingos, dias de maior afluência.

A escola ia abrir. A madre superiora fez uma última inspeção e parou à entrada da porta. A alegria que transmitia a pintura feita na parede do quadro negro, era contagiante. Virou-se e, comovida, disse:

– Que maravilhosas obras aqui fizeram minhas irmãs! Lindo de se ver. Que Deus lhes pague tanta dedicação e amor. Mandem convidar todos os que puderem para conhecer a nossa escola. É importante que a pessoas saibam o que fizemos para os filhos delas.

Vários aldeões foram aparecendo timidamente, mas ao depararem com tanta arrumação e gosto na decoração, manifestavam a sua admiração:

— Maravilhoso, diziam uns.

— Assim vale a pena aprender a ler, diziam outros.

Uma semana se passou e eram cada vez mais pessoas a querer ver com os seus próprios olhos.

E a escola abriu. Uma pequena festa, doces e guloseimas para crianças e adultos, distribuição dos lugares e uma pequena palestra dada pela madre superiora, aos pais dos alunos:

– Meus irmãos, aquilo que aqui veem, é o resultado inicial do empenho de sua majestade a rainha Delca e das nossas irmãs, que não se pouparam a esforços para chegar até aqui. Queremos, acima de tudo, que os vossos filhos se sintam em casa e queremos também que todos saibam que, aqui, estarão seguros e protegidos.

Iremos começar por aprender a ler e escrever e teremos também canto. Muito canto gregoriano, como forma de oração. Achamos que os vossos filhos irão gostar muito. Todos os dias, durante o intervalo, distribuiremos café e bolachas a todos os alunos. Obrigado a todos por terem vindo à escola que agora é de todos nós e amanhã, se Deus quiser, começamos as aulas.

Uma enorme salva de palmas e vivas à rainha e às irmãs ecoou pela sala. Apesar de todo este sucesso, havia agora um problema a resolver. A campanha de divulgação feita nas igrejas e o passa palavra do povo, tinham superado as expectativas quer da madre superiora, quer da própria rainha. Havia mais do que uma dúzia de alunos inscritos e não tinham lugar para mais de vinte, mesmo apertando um pouco as mesas e cadeiras.

A madre superiora estava preocupada, embora tivesse pensado que esta situação poderia acontecer. Realmente, tudo tinha corrido muito bem. Feitas as contas, havia vinte e oito alunos inscritos. Vamos iniciar com os vinte e daremos uma explicação aos pais. Logo que possível, arranjaremos um espaço maior.

As aulas começaram com o essencial.

Aprender a ler, escrever, fazer contas e canto.

Mas a madre superiora pretendia mesmo surpreender a Rainha e todos os que assistissem à abertura oficial da escola. Então, chamou uma das assessoras e disse:

— Teremos as aulas que já combinamos, mas eu quero pedir-lhes por favor: insistam no canto. Eu penso que o tema Anima Christi, seria um excelente começo. É um canto enternecedor, que nos aproxima mais de Cristo. Valerá a pena insistir, para que todos fiquem afinados. Temos quinze dias e eu conto com o vosso empenhamento.

— Superiora, disse a outra irmã: peço desculpa, mas quinze dias não será muito escasso? São vinte crianças e nem todas irão aprender ao mesmo ritmo...

— Não se preocupe querida irmã. Com a ajuda de Deus, verá que tudo correrá bem.

17. O TESOURO ESCONDIDO

Ao romper da manhã os três amigos estavam prontos para partir:

– Estive a pensar durante a noite e vamos ter de nos separar, disse Dercos. Qual de vocês tem coragem para ficar sozinho?

Avamis e Kirlo olharam-se surpreendidos e responderam ao mesmo tempo: – Eu!

— Não esperava outra coisa amigos, mas vamos tirar à sorte. Tenho aqui dois pequenos paus na mão. O que tirar o mais comprido, ficará sozinho. Os dois amigos tiraram e o mais comprido calhou a Kirlo.

– Vamos sentir saudades suas amigo. Agora, preste atenção: nós vamos para a festa e as milícias, como sabe, também irão. Na quinta, ficará apenas um guarda. Por isso, o amigo volta para trás, espere pela noite e tente encontrar uma entrada, o que não deve ser difícil, porque só uma entrada está vigiada.

Depois de entrar, verifique um por um os celeiros, que parece serem quatro, mas tenha muito cuidado porque alguns dos aldeões do patrão, ainda lá estão.

– E tenho de procurar o quê, disse Kirlo.

– Essa é a parte mais trabalhosa. Os celeiros devem ter palha e não poderá fazer muito barulho...eu penso que um ou mais celeiros, devem ter parte do espólio que estes tratantes vão roubando por aí. A ideia, é verificar os quatro celeiros, por baixo da palha e tudo o que lhe desperte a atenção.

Logo que termine, saia o mais rápido possível e retome o caminho. Se tudo correr bem, esperaremos por si na taberna durante um dia. Se não regressar, voltaremos para trás, até o encontrar. Boa sorte, Kirlo e cuide-se.

– Boa sorte para vocês também, amigos.

Dercos e Avamis seguiram para norte e Kirlo, novamente para sul.

Afagou o cavalo e deu-lhe umas palmadas amigáveis no pescoço :

– Agora seremos apenas nós, companheiro. Vamos abrir bem os olhos, e ficar atentos. Agora tenho de pensar pela minha própria cabeça.

Voltou pelo mesmo caminho e ia trotando calmamente, porque tinha o dia inteiro para chegar e teria de ser depois do anoitecer. Durante o percurso, não encontrou ninguém e sentia um pouco o peso da solidão. Mesmo assim, vou tentar chegar antes do anoitecer e aumentou o trote. Será mais fácil encontrar uma entrada ainda com luz, pensou.

Quase de noite, viu a quinta lá no fundo e rodou um pouco para a esquerda, a fim de evitar o guarda de plantão. Percorreu uma vereda, começou a subir no terreno e viu ao longe o que lhe pareciam ser os celeiros. Três mais juntos e um mais distante um pouco. Encontrou uma entrada e, cuidadosamente, entrou na quinta.

Vou começar pelo celeiro mais distante, pensou. Ainda não é tarde e pode haver gente por aí.

Trotou devagar pela erva macia e húmida e parecia não haver ninguém por perto.

Apeou-se e continuou a pé, com o cavalo pela rédea, que amarrou nas traseiras do celeiro.

– Espera aqui companheiro, já volto.

Abriu a pesada porta, entrou e viu fardos de palha e utensílios diversos para a agricultura. Pegou numa forquilha e foi espetando na palha, aqui e ali. Nas traves do teto, havia sacas penduradas que também espetou com a forquilha, mas nada de suspeito encontrou.

– Penso que por aqui não haverá nada de interesse.

Saiu, espreitou para todos os lados, mas já estava muito escuro. Agora, só o luar o poderia ajudar um pouco. Pegou no cavalo e, a pé, foi andando para o segundo celeiro. Era um espaço mais descampado e aberto. Amarrou novamente o cavalo a uma árvore e seguiu, ora andando, ora rastejando. Espero ter mais sorte no próximo. Assim demorarei muito tempo.

Chegado perto do edifício, deitou-se e aguardou um pouco para ter a certeza de que não havia ninguém. Passados uns minutos, levantou-se abriu a porta e viu duas filas de camas simples e roupas penduradas pelas paredes. Mais à direita, ao fundo, havia palha e umas tulhas antigas e encardidas, mas todas pareciam ter uma marca feita à mão. Dirigiu-se às tulhas e foi abrindo uma a uma. Roupas, calçado velho, mais roupas e... um relógio de ouro e dois fios grossos de prata.

— Alto! Pensou. Isto promete.

Mais uma arca com grandes casacos de inverno, grossos e pesados e, entre eles, dois fios de ouro e um saco pequeno com moedas de prata, mais uma taça de prata trabalhada.

— Eles bem diziam que dividiam tudo.

Já no fim, escondidas no meio da palha, mais duas tulhas maiores, mas fechadas com cadeado.

— Ó não! E agora como vou abrir? Não posso fazer barulho... deitou a mão à adaga e começou a escavar a madeira à volta do cadeado. Pouco depois, com um pedaço de ferro, conseguiu rebentar o cadeado com um forte estalido. Correu para a porta e escutou em silêncio.

— Parece que ninguém ouviu, pensou.

Voltou para a tulha, levantou a tampa, tirou um velho trapo que tudo cobria e os seus olhos arregalaram-se.

— Há aqui dinheiro para viver rico até ao fim da vida, suspirou. Pequenos sacos cheios de moedas de ouro e prata ocupavam metade da tulha. Ao lado, peças de ouro e prata, completavam o recheio. Abriu a tulha seguinte, com o mesmo ruído. Parou e ficou novamente em silêncio.

— Estou com sorte, pensou.

Uma chapa de ferro ferrugento, tapava o recheio. Por baixo, apenas sacos de dinheiro. Muitos.

— Só aqui, está uma enorme fortuna. Quadrilha maldita. Deixou tudo como estava e avançou para o terceiro celeiro. Vou trazer o cavalo para mais perto. Nunca se sabe. Amarrou o cavalo e foi em direção à velha casa. Pé ante pé foi caminhando, mas ao aproximar-se ouviu um ruido, que parecia ser algo a cair em cima do soalho.

Encostou o ouvido à parede de madeira e ouviu pigarrear.

– Aqui à gente! Esperou um pouco e ouviu que alguém urinava.

– Alto! Não vou arriscar. Devem ser os homens que trabalham na quinta.

Seguiu para o último celeiro e parecia não haver ninguém. Deitou a mão à porta, mas parecia fechada.

Apalpou com os dedos, e sentiu um cadeado.

– Valha-me Deus. Com isto não contava.

Encostou-se à parede e esperou um pouco. O silêncio reinava. Tenho de abrir aquele cadeado, pensou. Voltou para trás e foi até ao segundo celeiro, para encontrar o pedaço de ferro com que abrira as tulhas. Ao passar pelo terceiro, ouviu alguém falar em voz baixa. Parou e atirou-se ao chão. Vai ser desta que me vão descobrir, pensou. Então, ouviu alguém dizer:

– É um sossego sem aqueles vagabundos na quinta.

– É verdade, respondeu outro. Agora cala-te e vamos dormir. Pé ante pé Kirlo foi avançado e lá encontrou o pedaço de ferro. Com cuidado voltou para trás e já ninguém falava. Apenas ressonavam.

Pegou na adaga, começou a cortar pequenos pedaços de madeira à volta do cadeado e meteu o ferro por baixo, para tentar rebentar, mas não conseguiu. Descascou mais uns pedaços de madeira, voltou a meter o ferro, forçou e o cadeado cedeu. Abriu a porta e entrou.

Demorou um pouco a adaptar-se à escuridão, mas, pouco depois, já conseguia enxergar. Olhou em seu redor e, pelo pouco que via, concluiu que eram quadros, grandes e pequenos, com pinturas a óleo. Ao lado, em cima de umas tábuas compridas, havia artigos religiosos, provavelmente em ouro e imagens de santos.

– Nem as igrejas escapam a estes milícias bandidos, pensou. Tentou certificar-se melhor do que via e saiu, ao encontro do cavalo.

– Vai ser bonito quando descobrirem o que se passou aqui. Já estarei bem longe, se Deus quiser. Afagou o cavalo e mansamente abandonou a quinta. Vou ter de me acautelar agora. Eu vou para cima e eles virão para baixo. Podem encontrar-me pelo caminho.

Em vez de seguir pelo caminho habitual mais junto à fronteira, meteu um pouco mais pelo interior. Pior caminho, mais obstáculos, mas maiores possibilidades de escapar. E o pior, é que não tinha qualquer argumento para apresentar, caso se encontrassem. Cavalgou várias léguas, a fome apertava e chegou a um planalto com grande visibilidade. Parou, perscrutou o horizonte e, bem ao longe, viu uma fila de cavaleiros. Aguardou até perceber que direção seguiam e continuou agora a descer para um vale pronunciado. Voltou a parar e pensou. Se eu seguir por aqui, não terei visibilidade nenhuma e a qualquer momento os posso encontrar de frente. Voltou a subir e seguiu por uma trilha lateral, pedregosa e íngreme. Mais três ou quatro léguas e voltou a ver ao longe mais uma fila de cavaleiros. Pelo que vi lá atrás e pelo que vejo agora, já devem ter passado todos, intuiu. Preciso de andar um pouco mais depressa. Não queria chegar atrasado e complicar tudo. Desceu novamente e retomou o caminho inicial. Cavalgou umas boas léguas e, de repente, depara com dois cavaleiros.

Boa tarde, amigo.

– Boa tarde, senhores, respondeu Kirlo.

– Sozinho por aqui?

– Sim, senhor. Vou a caminho do Norte e ainda tenho uma boa caminhada pela frente. Por acaso conhecem por aqui uma taberna onde possa comer alguma coisa? Estou esfomeado.

– Continue sempre em frente. Quando começar a descer, verá um pequeno lugarejo onde poderá comer, disseram os homens.

Vamos embora, disse um deles. Somos os últimos e estamos atrasados.

Kirlo, arrebitou as orelhas:

– Somos os últimos! Sendo assim, já posso andar mais a di-

reito e mais depressa. Estou cansado, dorido e morto por
comer um bocado de carne assada.

Pela noite, chegou à taberna. Entrou e apenas o taberneiro ultimava
a lavagem de copos e canecas. Sentou-se e perguntou:

— Muito trabalho hoje, amigo?

— Muito, muito trabalho senhor, respondeu o taberneiro. A casa
cheia durante toda a tarde e noite. O chefe das milícias fez anos e
fizeram aqui uma grande festa.

— Ainda se arranja alguma coisa para trincar? Perguntou Kirlo.
Estou esfomeado.

— Só se for um pedaço de carne fria, pois já apaguei o lume. É o que
tenho, disse o homem. Tudo o que tinha, eles comeram.

— Pois que seja disse Kirlo. Sempre é melhor que ficar com a barriga
vazia. O taberneiro pousou a carne em cima da mesa e um bom pedaço
de pão negro, mais um jarro de vinho. Kirlo abocanhou um pedaço de
carne e perguntou:

— Devem ter estado aqui dois amigos meus, mas que não
pertenciam ao grupo das milícias. Por acaso apercebeu-se amigo?

— Claro que sim. Eram os únicos que estavam sós, disse o
taberneiro. E disseram que aguardavam um amigo que estaria para
chegar. Ficaram de voltar pela manhã para o encontrar.

— Obrigado, amigo, disse Kirlo. Por acaso tem onde eu possa
dormir?

— Não, não tenho senhor. Nas traseiras da taberna fica a minha casa
e ao lado, um pequeno celeiro. Se por acaso servir...

— Pois vai ter de servir, não se preocupe.

Diga-me então quanto lhe devo e meta já a dormida.

Pagou, agradeceu e dirigiu-se para o celeiro.

Pela manhã, voltou à taberna e pediu ao homem para lhe arranjar
alguma coisa para comer, mas com café bem quente. Não tinha
dormido bem, sobressaltado com tudo o que tinha acontecido nesse
dia. Doía-lhe o corpo e dizia para consigo:

– Isto devem ser nervos. Depois do café, irei ficar melhor.

Foi conversando com o taberneiro, até que Dercos e Avamis apareceram. Todos ficaram visivelmente felizes. Abraçaram-se efusivamente, riram-se muito e todos tomaram café quente.

– Parece que ontem, todos tivemos um dia que não esqueceremos, diz Kirlo. Foi mesmo um dos dias mais movimentados da minha vida.

– Chiu! Disse Dercos baixinho, sorrindo. Vamos embora daqui e depois falaremos no assunto. Agradeceram, pagaram ao taberneiro e, calmamente, seguiram viagem.

Saíram do pequeno povoado e Dercos perguntou:

– Então Kirlo, quer contar-nos o seu dia? Imagino os problemas que deve ter encontrado, mas com a graça de Deus, está connosco e de boa saúde. Kirlo, agradeceu e contou tudo o que viu nas tulhas cheias de dinheiro e objetos em ouro e prata, bem como das possíveis obras de arte e arte sacra que encontrou, para além do encontro que teve com os homens da milícia.

– Tirando isso e pequenos sustos pelo meio, não encontrei problemas de maior.

– Meu Deus! Tudo isso escondido dentro dos celeiros, praticamente à vista de todos...,então o meu palpite bateu certo!

– Sim, disse Kirlo. Completamente certo. Só não sei o que vai acontecer quando virem as tulhas arrombadas, bem como a porta do terceiro celeiro, também arrombada.

– Não pense nisso Kirlo, disse Avamis. O problema é deles e de alguma maneira o irão resolver.

– Pode ser que ao verificarem que não falta nada, falou Kirlo, fiquem maís calmos e sossegados. Mas agora, também estou morto por saber como correu a vossa festa.

– Não correu nada mal, disse Dercos. Chegamos mais cedo e pedimos ao taberneiro para nos arranjar um lugar discreto, se possível a um canto, para não incomodarmos os convivas. Eles foram chegando aos magotes e, ao fim do dia, a taberna abarrotava. Como só eramos nós os dois que não pertencíamos ao grupo, sentimos alguns olhares meio desconfiados. Eles comeram, beberam, fizeram imenso barulho e, às tantas, já havia alguns com uns copos a mais. O que nos convidou para trabalhar com eles reconheceu-me e aí, pensei que iria haver problemas. Perguntou porque ainda andávamos por aqui e respondemos que íamos a caminho e que ainda tínhamos muito para andar. Recomendou que andássemos mais rápido, que era melhor para nós e lá foi para junto dos outros. Depois percebemos que iriam fazer um ataque no dia seguinte, como já sabíamos, mas o mais importante de tudo é que descobrimos o nome do chefão. Pelo menos, o nome de guerra, chamemos-lhe assim. Marif!

— Marif? Perguntou Kirlo. É muito curioso, porque o do lado de lá, chama-se Maruf "O Mau". E são irmãos, segundo dizem.

—Há! Então agora, disse Dercos, dá para entender melhor como se conseguiram organizar com tanta eficácia. Um controla o lado de cá e outro controla o lado de lá. Percebeu

mais ou menos quantos homens seriam, Kirlo?

— Ao certo não sei. Mas segundo o taberneiro, cinquenta ou mais, informou.

— Pois. Tal como prevíamos, serão ao todo cem homens ou mais e todos devidamente armados e com treino quase militar. Está aqui um grande problema para resolver, porque, mesmo que venham uma dúzia de soldados bem armados, pouco ou nada poderão fazer e, ainda por cima, conhecem bem a região e os caminhos.

Acho que a nossa missão está a acabar.

Vamos regressar o mais rápido possível, mas se pelo caminho encontrássemos um ferreiro capaz de nos arranjar três arcabuzes de coronha curta, seria ótimo.

— Arcabuzes? Dizem os outros dois. O que é isso?

— São umas armas de fogo que estão a aparecer há pouco tempo, responde Dercos. Funcionam à base de pólvora e parece que o estrondo, só por si, já assusta os opositores.

– E para que precisamos nós disso? pergunta Avamis.

– Não sei se precisaremos amigos, explica Dercos. Tenho vindo a pensar nas tulhas e na porta que o Kirlo arrombou. Eles vão concluir que só poderíamos ser nós e podem vir no nosso encalço. E temos apenas um dia, não chega, de adianto. Se forçarem as montadas, ainda poderão apanhar-nos.

– Não seja pessimista Dercos, afirma Avamis. Enquanto descobrem, tiram ilações e concluem o que quer que seja, já nós estaremos em casa.

– Isso também é verdade. Ainda assim, vamos apressar o passo. Mais vale prevenir que remediar. Sem mais percalços pelo caminho, ao fim do dia seguinte, estavam a chegar a casa.

– Já se vê a torre do castelo amigos, diz Dercos. Com a graça de Deus e muito juízo, conseguimos chegar ao fim da nossa missão. Quando chegarmos, tenho de ir ao castelo dar conta do que aconteceu ao homem que me contratou e receber o resto do dinheiro. Por certo, irei demorar. Se quiserem, vão descansar e amanhã durante a tarde encontramo-nos na taberna do Corvo, para vos entregar o resto do dinheiro e comemorar a nossa missão.

– Achamos bem, responderam os dois amigos. Mas não fuja com a nossa parte chefe, riu Avamis. Dercos ficou sério:

– Vocês, já não são apenas contratados. Vocês são dois amigos do peito, que jamais esquecerei. Até amanhã na taberna.

18. CHICOTADAS DE CASTIGO

Entretanto os milicianos regressaram à quinta e não demorou muito até soar o alarme.

— Fomos assaltados. Fomos assaltados, gritavam os homens. Verificaram tudo, repararam a porta do celeiro e depois o chefe Marif mandou formar em frente aos celeiros.

Com uma mão na cinta e outra no punho da espada, alto e bom som, gritou:

— Já verificaram todas as arcas e o celeiro número três?

— Tudo verificado chefe.

— Garantem que não falta nada, nem na tulha do dinheiro? Um homem falou.

— Os sacos estão todos, chefe. Mas não contamos as moedas. São muitas. Risada geral.

— Silêncio, impôs Marif. Pensem um pouco. Se não roubaram nada, porque arrombaram as tulhas e a porta?

Silêncio! Ninguém sabia o que dizer.

— Partam imediatamente seis homens, deem a volta à quinta e tragam todos os criados que encontrem. Se não vierem a bem, tragam-nos à força.

Os homens separaram-se e, pouco depois, apresentaram dezanove criados que tremiam de medo. Marif ordenou que os seus homens formassem em duas filas.

— Tu e apontou para um deles: vai lá dentro e arranja um chicote.

Os criados todos em fila aqui no meio, ordenou. Passeou com ar poderoso de um lado para o outro, mão na cinta e disse, apontando para os criados:

— O primeiro da fila que venha aqui para o meio. O que fizeste ontem à noite?

— Estive a dormir senhor, respondeu o homem.

— Estiveste a dormir? Tens a certeza?

– Tenho sim, senhor.

Então, repentinamente, ordenou:

– Quatro chicotadas neste mentiroso. Bem dadas.

O milícia aproximou-se de chicote em punho e deu quatro valentes chicotadas no pobre homem, que gemia e gritava com dores.

– Vai para o fundo da fila ordenou Marif. Tragam outro.

Passeou mais um pouco pelo meio das filas, deu um tempo e depois, perguntou:

– Tu. O que tens para dizer antes de levares com o chicote?

– Eu não fiz nada senhor, disse o homem. Pelo amor de Deus, nós somos gente honesta e séria, senhor.

– Eu sei, disse o chefão. São todos honestos. Levas quatro chicotadas para seres ainda mais honesto. O homem contorcia-se com dores, gritava e repetia:

– Eu não fiz nada, eu não fiz nada.

– Dá-lhe mais duas chicotadas para se calar, disse Marif.

E a cena repetiu-se até ao último homem. Todos foram chicoteados e nenhum foi capaz de dizer nada. O chefe então deixou um aviso:

– Por agora, ficamos assim. Se amanhã descobrirmos que algum de vocês mexeu onde não devia mexer, não serão chicotadas. Será o vosso pescoço que será cortado. Os criados baixaram a cabeça tremendo de medo.

– Ponham-se a andar daqui para fora.

No meio dos seus homens, continuou com a inquirição.

– Se não foram estes desgraçados, só pode ter sido uma pessoa. Seis de vocês, vão buscar o patrão e arrastem-no até

aqui.

– Mas ele mal pode andar chefe, diz um milícia.

– Eu disse arrastem-no. Percebeste? Agora desandem e tragam o homem. Vão buscar um feixe de palha e umas tábuas e façam aqui - apontando para o meio das filas - uma fogueira.

Os quatro milícias ofegantes, trouxeram o velho homem quase de rastos.

— Ponham-no junto da fogueira, ordenou.

— Patrão! Sabes porque estás aqui? perguntou Marif.

— Não. Não sei e não admito que me fales nesse tom, disse o velho homem.

— Não admites? disse Marif. Pois então ficas a saber. A partir de hoje, deixaste de ser dono desta propriedade, porque passa a pertencer à minha milícia.

— Maldito sejas traidor. Tantos anos te tratei como um filho e agora, que me vês velho e indefeso...bandido. Irás pagar tudo no inferno. Tu e os bandidos que te seguem como jumentos.

— Aquece o chicote nas chamas, mandou Marif. Volto a repetir a pergunta velho inútil:

— Sabes porque estás aqui?

O velho, quase não se segurava de pé, tremia, mas mesmo assim, não respondeu.

— Dá-lhe seis chicotadas para aquecer, disse. O milícia ergueu o chicote e o velho, a cambalear, ainda arranjou forças para se atirar a Marif.

— Maldito sejas, assassino.

Ato continuo, Marif deu-lhe um murro na cabeça e o homem caiu por terra, inanimado.

— Deita-lhe um jarro de água na cabeça, mandou.

O homem reagiu, mas não conseguia levantar-se.

— Tu estás aqui, porque alguém andou a mexer onde não devia, ouviste? A partir de hoje, todos os teus criados passam para o primeiro celeiro. Os outros três serão só para nós. Se alguém desobedecer a esta ordem, já sabem o que lhes acontecerá. Dá-lhe mais quatro chicotadas e levem-no daqui para fora.

– Obriguem os criados a mudar-se para o primeiro celeiro já, ordenou Marif. A partir de hoje, teremos aqui dentro um novo regime para todos.

Um medo de morte, inundava a propriedade. Os criados em silêncio, mudaram rapidamente os seus pertences. Marif, mais apaziguado, deitou-se no seu canto para dormir.

– Amanhã mesmo, vou mudar para a casa do velho. Deixar-lhe-ei apenas um pequeno quarto para dormir, se ainda estiver vivo.

Aninhou-se no travesseiro, mas de repente, sobressaltado, sentou-se na beira da cama.

– É isso mesmo, pensou. Já sei quem andou a vasculhar os celeiros. Quase de certeza, foram aqueles três que estiveram aqui a pedir trabalho. Não devem ter vindo pelo trabalho, mas para ver o que havia cá dentro. Malditos sejam. Se eu adivinhava, não tinham saído daqui vivos. Vou ter de tomar medidas rapidamente e começarei pelos turnos da guarda. Mais turnos e mais homens com postos de guarda em pontos estratégicos. Isto não me está a agradar mesmo nada.

No dia seguinte, mandou formar todos os milícias em parada.

– Meus amigos. Ontem, foi o início de uma nova época para

nós. O que aconteceu na nossa ausência, mostra que temos de fazer mudanças importantes no nosso dia a dia. Somos hoje, o que não eramos ontem: um grupo paramilitar, onde irá haver mais disciplina e uma cadeia de comando. Cada grupo de seis homens, terá um chefe. Abaixo de mim, haverá um homem que comandará todo o grupo e que só a mim responderá.

Os turnos de guarda e vigilância, passarão a ter quatro ou cinco homens, colocados em locais estratégicos, que iremos definir. Pelo comportamento e determinação demonstrados até ao momento nomeio desde já, para meu lugar tenente, o Eukal Dot, que por sua vez, se irá encarregar de escolher cada chefe de grupo. Iremos ainda, reforçar o treino militar e adestrar novos arqueiro, para melhorar a nossa força conjunta.

Temos uma reserva razoável de dinheiro e peças de valor, que passarão a ser guardadas na antiga casa do patrão, em local a definir. Com algum desse dinheiro, iremos adquirir melhores armas e até alguns cavalos. Eventualmente, teremos de admitir mais pessoal. Todos ficam a saber como será daqui para a frente.

Sem ressentimentos, quem não quiser aceitar as novas condições, pode partir agora. Não haverá represálias contra ninguém, desde que mantenham a boca fechada. Podem dispersar e ir à vossa vida. Eukal Dot, venha comigo. Temos de conversar.

Marif percebia, de forma muito clara, que alguma coisa se desenhava no horizonte. Mesmo que tenham sido os três homens que aqui estiveram e tenho a certeza que foram, quem os mandou? Qual o motivo? Teremos de ter muito cuidado.

19. DERCOS RELATA A MISSÃO

Dercos, estava agora eufórico e ansioso por encontrar o seu contratante. De imediato seguiu para o castelo. Estava a escurecer, o que calhava bem, uma vez que o "estrangeiro" tinha vincado para ir apenas ao escurecer, para não despertar atenções. Chegou à porta de armas e, laconicamente, disse:

– O meu nome é Dercos. Venho falar com o "estrangeiro". O guarda olhou-o de alto a baixo, ficou a pensar durante uns segundos e mandou-o entrar.

– Passe a porta de entrada e aguarde na sala à sua direita, disse. Quando o conselheiro mor ouviu falar no nome Dercos, deu um salto na cadeira e pôs-se rapidamente em pé:

– Ele que espere uns minutos. Vou só mudar de roupa e vou já.

Correu para o quarto, vestiu as mesmas roupas do dia do primeiro encontro, colocou as barbas postiças pretas, um chapéu e deslizou pelo corredor.

Ao entrar na sala, olhou fixamente para Dercos.

– Está mais magro, senhor Dercos.

– Possivelmente senhor. A tarefa não foi fácil, mas acho que valeu a pena. Muita coisa aconteceu e muita coisa conseguimos descobrir.

– Como assim? Ponha-se à sua vontade. Quer tomar um café quente e comer alguma coisa? Perguntou o conselheiro.

– Obrigado, senhor. Tomarei então um café bem quente. Acabamos de chegar agora mesmo e não quis que esperasse mais tempo por tão importantes novidades.

– Conte-me senhor Dercos. Conte. Serei um ouvinte muito atento.

– Pois bem, senhor. Tive a sorte de encontrar dois antigos soldados, ainda do tempo do antigo rei que Deus tenha, que se revelaram verdadeiramente notáveis e, sem eles, eu não teria conseguido o consegui. Começámos o trabalho na Taberna do Corvo, mas não conseguimos resultados. Conversamos sobre o que fazer e fiquei a saber que ambos haviam estado no Sul e que conheciam mais ou menos bem a região. Numa taberna, conhecemos um grupo de doze homens com quem falamos bastante e ficamos a saber que pertenciam a uma milícia do proprietário de uma grande quinta, perto da fronteira.

Fomos a essa quinta pedir trabalho, para poder entrar e fomos recebidos por um homem de idade, bastante corpulento e senhor de si. Falamos bastante e o homem acabou por nos contar que lhe tinham matado um filho varão, há alguns anos, mas que tinha a consciência limpa, porque havia contratado um grupo de homens para se vingar, o que conseguiu.

— Espere senhor Dercos, espere. A quinta de que fala, fica logo a seguir a um vale pronunciado, subindo pela encosta acima? Perguntou o conselheiro.

— Exatamente assim, senhor. Tem sempre um guarda na entrada principal, mas como dizia estávamos a conversar com o idoso e apareceu um homem alto, forte, vestido de negro, espada à cinta e falou para o patrão, como se fosse seu empregado. Ele chama-se Marif. No fim, perguntou com ar desconfiado o que estávamos ali a fazer e arranjámos uma desculpa que foi aceite.

Entretanto dormimos na quinta e vimos coisas muito estranhas.

— Como assim? perguntou o conselheiro. Se é uma quinta, fazem agricultura...

— E fazem, senhor. Mas só os criados da quinta. Nós calculamos que haja para cima de cinquenta homens armados, todos de negro, que pertencem à milícia do tal Marif. Treinam luta corpo a corpo, praticam luta com espadas e até treinam arqueiros. É uma quadrilha muito poderosa.

— Deixe-me que lhe diga, senhor Dercos, disse o conselheiro. Pelo que ouvi até agora, fico com a ideia de que esse homem será muito importante nessa zona...

— Pode crer senhor, respondeu Dercos. É um autêntico exército, disciplinado e são temidos por toda a gente.

Mas esse tal Marif, o chefe, fazia anos num domingo e fez uma grande festa lá na taberna do lugarejo, para onde levou todos os milícias, menos o que estava de sentinela. Dois de nós fomos à festa e o Kirlo, voltou para trás e conseguiu entrar na quinta sem ser visto.

— Continue senhor Dercos, continue, dizia o conselheiro, verdadeiramente deleitado com o que ouvia.

Então, o nosso amigo, pela calada da noite, revistou três celeiros e o que encontrou foi uma verdadeira surpresa, embora eu já desconfiasse. Lá, existem quatro celeiros, mas um estava ocupado pelos criados da quinta.

— E o que encontraram nos celeiros, perguntou Dario Montez, apertando as mãos uma na outra e quase em cima de Dercos.

— Esse meu amigo, o Kirlo, encontrou uma verdadeira fortuna, senhor! Tulhas cheias de moedas de prata e ouro, objetos em prata e ouro e, num dos celeiros, quadros com pinturas a óleo e artigos religiosos, que pensamos terem

muito valor.

— O quê, Dercos? Tulhas cheias de ouro? Tem mesmo a certeza? Perguntou inflamado Dario Montez.

— Certeza absoluta, senhor. Mas descobrimos ainda mais. Passamos a fronteira e encontramos um lugarejo onde, por sorte, conseguimos algumas informações preciosas.

— Vocês passaram a fronteira? Assim, sem mais nem menos? Sabem o risco que corriam, admoestou o conselheiro.

— Sabíamos senhor. Não tínhamos outra alternativa, se queríamos mesmo perceber o que se passa ali. Na verdade, do outro lado, existe uma quadrilha exatamente igual à deste lado, mas o mais importante é que os chefes são irmãos. Este chama-se Maruf "O Mau".

— Pelo amor de Deus meu caro Dercos, disse o conselheiro. O que me conta é tão inconcebível que custa a acreditar!

– Acredito, senhor. Nós também não queríamos acreditar no que víamos, ao princípio. Depois, tivemos de acreditar, porque tudo foi confirmado em várias etapas que tivemos de executar.

Calculamos que este bando tenha à volta de cinquenta homens ou mais, todos de negro também e que funcionam da seguinte maneira. Os de lá, veem roubar e assaltar e, muitas vezes, matar aqui. Os do nosso lado, combinados com os do outro lado, fazem os assaltos do outro lado da fronteira. Os do outro lado, passam por defender os de lá. Os deste lado, passam por defender os de cá. Tudo um embuste combinado entre os dois irmãos, mas que o povo já percebeu há muito tempo. O terror que se vive por ali é enorme e por isso, deparámos com muitas dificuldades, senhor.

– Meu bom amigo Dercos, deixe-me tratá-lo assim, disse o

conselheiro disfarçado. Nos muitos anos que andei por essa terra de Deus, nunca, mas nunca, ouvi falar de uma coisa tão incrível como o que me está a contar. Esta sua ação e dos seus amigos, chegará ao conhecimento do rei. Vocês merecem tudo.

– Obrigado, senhor, agradeceu Dercos. Deixe-me só acrescentar que calculamos que, no total, possam estar envolvidos nestas milícias, para cima de cem homens. É quase um exército e bem armados, como lhe disse.

– É isso mesmo, disse o conselheiro. Fiz a conta mentalmente. Cem homens ou mais, é muita gente... agradeço-lhe tudo o que fez até aqui Dercos. Muito obrigado. Não vou pagar-lhe agora o resto que lhe prometi, dado que apareceu de surpresa, mas peço-lhe que volte aqui ao castelo dentro de dois dias. Não se esqueça de dizer "estrangeiro" ao guarda.

– Não esquecerei senhor. Uma boa noite, porque irá ter muito que pensar...

– Sem dúvida, bom amigo. Sem dúvida. Vai ser uma noite muito difícil para mim. Deus o guarde.

Dario Montez, estava completamente atordoado. Devagar, foi caminhando para o quarto e, ao longo do corredor, percebeu que ia meio a cambalear, com a cabeça a ferver.

– Apetecia-me ir imediatamente ter com o rei. Imagino como ele irá ficar! Mas é melhor guardar para amanhã, refrescar e arrumar as ideias primeiro. O assunto é de tal forma importante e delicado, mesmo para o reino, que toda a prudência não será demais.

20. INAUGURAÇÃO DA ESCOLA

Era o dia da inauguração oficial da escola no convento. As irmãs, incansáveis, limparam e arrumaram tudo. Nas paredes da sala de aulas, para além da magnífica pintura que realizaram na parede do quadro escuro, tudo estava enfeitado com ramos de flores. Era uma sala verdadeiramente encantadora e nunca vista por aquela gente.

A rainha e as suas aias chegaram com pompa e circunstância e, em redor do convento, o povo rejubilava de alegria. Viva a rainha, vivam as monjas. Viva a nova escola.

A rainha passou o grande portão da rua e parou à entrada da porta da sala de aulas. A velha monja superiora e duas assistentes estavam ali para a receber. Todas se ajoelharam quando a rainha subiu o primeiro degrau. A superiora, beijou-lhe a mão e cumprimentou-a com enorme estima e entusiasmo. Então a rainha, mais alta que a freira, baixou-se ligeiramente e deu-lhe um beijo emotivo no rosto:

— Obrigada irmã. Muito obrigado por tudo o que têm feito. Uma salva de palmas ecoou no recinto: viva a rainha, vivam as freiras.

Entrou e parou de imediato. Não queria acreditar no que via à sua frente.

— Maravilhoso! Maravilhoso irmã! Virou-se para trás e abraçou a freira emocionada:

— Creio que todas as nossas crianças se irão entusiasmar, madre. Com estas condições tão ótimas, corremos o risco de a sala não chegar para todos.

— Penso que é o que vai mesmo acontecer, majestade. Mas entre, entre, porque temos uma surpresa para lhe mostrar.

Guiou-a para o fundo da sala e começaram a entrar as crianças e uma monja, dirigindo-se para a parede do quadro negro. Alinharam-se, perfilaram-se, aqui e ali algumas delas pigarreavam e a freira levantou os braços.

No espaço disponível na sala, o povo acotovelava-se para não perder pitada. A freira baixou os braços e as crianças começaram a entoar Anima Christi.

– Esta é a surpresa que lhe dedicamos majestade, disse baixinho a superiora.

As crianças cantaram bem afinadas, a duas vozes e o povo, boquiaberto, escutava silenciosamente a melodia maravilhosa que ouviam pela primeira vez. A rainha olhava ternamente para a superiora e pegou-lhe na mão, que afagou.

A madre levantou os braços e, de repente, a melodia acabou. O povo não se conteve e começou a dar vivas aos meninos, vivas às freiras, vivas à rainha. Sentia-se uma alegria esfusiante dentro da sala. Foram distribuídas guloseimas e bolos de mel e, entretanto, devagarinho, a rainha e a madre superiora, passaram para uma sala ao lado, mais restrita.

– O que achou majestade?

– Irmã, minha boa irmã e agarrou-lhe as mãos no meio das suas. O que achei? Simplesmente maravilhoso. Tudo maravilhoso. Os arranjos, a limpeza, os enfeites nas paredes e estes meninos magníficos que ainda há um mês, não sabiam o que era canto gregoriano. Como conseguiram tanto em tão pouco tempo, minha irmã?

Sentaram-se a uma mesa de madeira entalhada com motivos religiosos e a madre falou:

– Posso abrir o meu coração majestade? E a rainha disse meigamente:

– Não vim para outra coisa, minha boa irmã. Eu já abri o meu coração a esta obra, desde o início. Assim, seremos duas, de coração aberto e franco. Acho que estamos num momento alto do nosso reino e a prova está aqui. As crianças estavam felizes, os pais estavam felizes. Nós estamos felizes.

– É verdade majestade. Tem toda a razão e eu estou duplamente feliz, porque sei que vossa majestade também está. Na verdade, nestes últimos tempos, temos trabalhado muito. Apesar disso, sei que as minhas irmãs estão muito satisfeitas com a forma exemplar como tudo tem corrido. Quanto ao canto, foi um enorme trabalho, porque o tempo de preparação foi muito curto.

— Foi realmente muito, muito curto irmã, anuiu a rainha, mas mesmo assim, está aqui um magnifico trabalho e não se esqueça, por favor, de dar os meus parabéns a todas as irmãs do convento e aos meninos.

— Mas temos surpresas muito boas majestade, disse a madre. Alguns dos meninos, começam a revelar-se em várias áreas e no canto, então, tem sido muito bom. Penso que poderemos ter aqui um belíssimo coro amanhã.

Mas também temos alguns problemas. Inscreveram-se mais meninos e não temos espaço para os aceitar. Com os melhoramentos que fizemos, mesas e cadeiras mais o café e o pão da manhã diariamente, aumentamos a despesa. Ainda temos um bom dinheiro guardado, mas as minhas previsões é que a curto prazo venham bastante mais crianças e não temos como as receber...

— Estou a entender tudo o que sente madre. E eu estou aqui para enfrentar as dificuldades juntamente consigo. Eu sinto que este movimento irá alargar-se e que mais crianças virão. É assim noutros reinos, como sabe. Acha que temos irmãs suficientes para ir atendendo as crianças?

— Mesmo que as crianças dupliquem em número, para já, temos irmãs suficientes, majestade. Eu falei em termos de futuro e agora, não poderemos andar para trás...

— Calma irmã. Tenha calma, minha amiga. O Convento tem algum espaço grande, que depois de adaptado sirva para fazermos uma verdadeira escola?

— Vossa majestade sabe que tenho o dever de proteger e defender a privacidade e recato deste convento e das minhas irmãs. Sendo assim, precisaremos sempre de um local suficientemente reservado para as nossas práticas religiosas, bem como para as atividades pessoais de todas nós.

Para se fazer uma escola, precisamos de entradas e saídas independentes, para que não haja perturbação da nossa vida interna. Quando muito, levando em consideração o que acabei de explicar, penso que se poderão criar três salas de aulas, que serão sessenta crianças, mas será sempre uma situação provisória, majestade. Peço perdão pela ousadia, mas é esta a verdade.

– Pois bem minha irmã. A nossa pressa tem de ser um pouco contida, pelos envolvimentos que implica, é verdade. A tradição que a Igreja tem na prática do ensino, limita um pouco a intervenção da Coroa, nomeadamente pela falta de recursos humanos, que são escassos, como muito bem sabe. Penso que no futuro, tudo será diferente e a Coroa terá de assumir, como sua, a tarefa de ensinar os seus concidadãos para que haja um maior avanço. Se a irmã entende que se podem criar três salas, sem o vosso prejuízo, começaremos por aí. Tratarei de arranjar formas de a coroa assumir todas

as despesas. O que acha minha irmã?

– Nós temos pensamentos muito iguais majestade. Também acredito que o caminho a seguir, para já, terá de ser feito pelas entidades civis. Mas tem toda a razão quando diz que, neste momento, os recursos estão na mão da Igreja. Vamos pôr as três salas a funcionar. Depois, com o tempo e se eu ainda for viva, veremos o melhor caminho a seguir.

– Minha querida e compreensiva irmã. Conversar consigo, abre novos horizontes, sabe. Darei novidades quando puder. Deixe-me dar-lhe um beijinho de despedida e estou disponível sempre que precisar de mim.

Passaram para a sala de aulas e, no exterior, continuava a festa dos alunos e dos pais. Risos e muita alegria no ar. A rainha saiu e todos gritaram: Viva a rainha, viva a escola, vivam as freiras que nos ensinam.

21. CONSELHEIRO INFORMA O REI

O conselheiro mor passou a noite com pesadelos. Acordou de mau humor e com a cabeça a latejar.

— Vou tomar um café bem quente e comer alguma coisa e depois vou até ao jardim passear um pouco. Preciso de me acalmar e concentrar, para dar uma informação precisa ao rei.

Vagueou um pouco, ganhou alento e foi direito ao gabinete privado do rei. Bateu na porta e uma voz rouca respondeu.

— Quem me quer falar?

— É o Dario Montez, majestade. Peço desculpa por incomodar, mas tenho um assunto muito importante.

— Muito bem, conselheiro. Conceda-me dez minutos e volte aqui, para falarmos.

Se Dario já vinha nervoso, com este tempo de espera, mais nervoso ficou. Caminhou pelo corredor, voltou para trás e repetiu, sem parar, até fazer o tempo. Encheu o peito de ar e voltou a bater na porta.

— Entre, Dario, entre. Diga-me o que o obriga a bater na porta da minha camara, conselheiro.

— Senhor, disse Dario. Chegaram noticias do Sul!

— Não me diga, exclamou o rei. E que noticias tem para me dar? Boas ou más?

— Ambas, majestade.

— Entre Dario. Sente-se. Acalme-se e conte-me tudo. Sinto-o muito agitado, meu amigo.

— Um pouco senhor. O nosso homem, chegou ontem à noite e cumpriu a missão na integra, superando em muito o que lhe tinha pedido.

— Finalmente Dario. Finalmente, disse o rei. Mas continue, força.

— Ele arranjou dois homens para o ajudarem na missão e foram para o sul, onde se depararam com acontecimentos terríveis, senhor.

Parece-me, pelo que já ouvi, que descobriram o homem que poderá ter comandado o ataque que vitimou os soldados e a sua irmã, alteza.

O olhar do rei, transfigurou-se de imediato e as suas mandibulas não paravam de mexer. Nervos, à flor da pele.

– Dario, disse. Pense friamente no que me vai contar. Esse assunto, continua vivo no meu coração, como sabe.

– Majestade. Esse homem, chama-se Marif e é o chefe de um grupo numeroso de milícias, a soldo do velho fazendeiro que o acolheu e tratou quando foi atacado no Vale da Morte.

– Então o velho assassino continua vivo?

– Sim majestade. Continua vivo, mas agora quem manda em tudo e até no próprio velho, é esse tal Marif, que controla toda a região e mesmo para lá da nossa fronteira, onde tem um irmão a quem chamam Maruf o mau, com uma quadrilha igual ou maior que o irmão.

Os do nosso lado roubam do outro lado e os do outro lado, vêm roubar aqui. Têm tudo combinado e os aldeões da zona da raia, vivem aterrorizados com estes bandidos poderosos. Os nossos homens, conseguiram entrar dentro da quinta, estiveram com o velho e conheceram o chefe da milícia.

Nos celeiros da propriedade, encontraram uma fortuna em moedas, artigos diversos, pinturas a óleo e artigos religiosos, supostamente, tudo roubado na região. Estamos perante uma enorme e poderosa quadrilha, bem armada, que atua de um e do outro lado da fronteira, conjugadamente.

O rei, nem pestanejava a ouvir o que o seu conselheiro dizia.

A situação afinal, tinha evoluído para muito pior do que jamais pensaria.

– Uma história que parece impossível, meu amigo, disse o rei pensativo, que continuou: e diga-me uma coisa. Os nossos três homens chegaram inteiros?

– Magros, mas inteiros senhor. E em abono da verdade, devo dizer que encontramos três homens de grande calibre, sendo que os outros dois, não foram escolhidos por mim, mas pelo Dercos, por quem aprendi a ter muita consideração. Um homem valente e inteligente.

– Quero conhecer esse Dercos, conselheiro. Aquilo que me conta, ultrapassa tudo o que eu pensava, e faz-me voltar à vida! De um problema mais pessoal, passamos para um problema que envolve dois países vizinhos e amigos. Trata-se agora, de repor a lei e a ordem nesses dois lugares, o que iremos fazer. Voltaremos a falar para me detalhar melhor os pormenores, mas por agora, vamos ficar por aqui. Preciso de meditar, arrumar ideias e digerir tudo o que me disse. Faça o mesmo conselheiro. Ambos vamos precisar e não se esqueça, traga-me esse tal Dercos.

22. OS CHEFES DAS MILÍCIAS

O chefe das milícias, não tinha sossego há vários dias. Com as mudanças efetuadas, o velho patrão em muito mau estado de saúde, agravado pelo castigo e a sensação que tinha de que algo estaria para acontecer, atormentavam-no. Decidiu ir falar com o irmão. Juntos, talvez tivessem melhores e maiores possibilidades de se defender, no caso de ser necessário. Mandou chamar o lugar tenente Eukal Dot:

– Amanhã, pela madrugada, vamos sair. Só os dois. Distribua as tarefas pelos homens e prepare-se. Vamos falar com o meu irmão, porque o que se passou aqui, não foi um mero acaso.

– Já que fala nisso chefe, disse Eukal, eu penso da mesma maneira. É a única possibilidade, porque o pessoal da quinta, jamais se atreveria a fazer semelhante coisa. Depois, não levaram nada. Se tivesse sido um mero assalto, levariam o que pudessem.

– Exatamente Eukal, disse o chefe. É por isso que vamos trocar impressões com o meu irmão e ouvir o seu ponto de vista. Mais vale prevenir...

Um dia de caminho e chegaram. Uma propriedade grande, com várias casas com tetos de colmo e uma maior, com uma torre saliente em cima, que funcionava como posto de vigia, sugeria a casa do patrão-chefe e o posto de comando. À entrada, um guarda de plantão, identificou Marif, fez uma pequena vénia e mandou-os entrar. Um caminho largo, ladeado por grandes cedros, dava acesso ao terreiro, à volta do qual se encontravam as casas. Entre as casas, o posto de comando, situado numa pequena elevação. Marif desmontou e amarrou o cavalo à porta. Um criado veio atender e foi chamar o patrão.

– Marif!! Exclamou Maruf. Que grande surpresa seu malandro. Agora já nem avisas quando vens? Abraçaram-se fortemente e Marif apresentou Eukal, como seu novo lugar tenente.

– Tinhas ficado de fazer uma sortida por aqui, mas nunca mais apareceste, disse Maruf. Os aldeões já pensam que acabamos com vocês...

– Suspendi por algum tempo, porque aconteceu algo que não estava previsto, respondeu Marif. Rapidamente contou o que havia acontecido.

– Realmente, por aquilo que contas, é caso para pensar, irmão. Isso deve trazer água no bico.

– Pois deve, respondeu Marif. É isso que nós pensamos e por isso mesmo, resolvemos vir pedir a tua ajuda se, porventura, vier a ser necessária.

– Claro que podes contar comigo. Os irmãos também servem para isso e riu-se. Só terás de me avisar com alguma antecedência, para me poder preparar.

– Assim farei Maruf. Sabia que podia contar contigo.

Sentaram-se os três, pediram comida e bebida e falaram das suas aventuras e dos assaltos que iam fazendo, em alegre convívio. Depois do repasto, despediram-se e os dois milícias voltaram à estrada, a caminho de casa.

Maruf, agora mais à vontade, pensou no assunto e não ficou agradado com a situação. Isto, pode sobrar para cima de mim, refletiu.

Vou abrandar com as sortidas e prestar mais atenção ao que se passa por aí, durante algum tempo. Pode ser que nem aconteça nada de maior. E deu ordens para que os seus hom
ens ficassem atentos, principalmente ao que ouviam.

23. REI CONHECE DERCOS

Dercos estava em casa quando chegou o mensageiro e lhe deu o recado.

– O "estrangeiro" aguarda-o na sala da entrada do castelo, ao fim da tarde e pediu para não se atrasar.

Surpreendido pela rapidez, avisou a mulher e correu para o quarto. Mudou de roupa, fez a barba e preparou-se o melhor possível para ir receber o resto do dinheiro.

– Foi duro pensou, mas valeu a pena. Agora, bem gerido, tenho dinheiro para vários anos.

Montou o cavalo e correu para o palácio. Identificou-se, disse que queria falar com o estrangeiro e o guarda mandou-o aguardar na sala da entrada.

Um homem bem vestido, com uma capa escarlate, aproximou-se e olhou-o bem de frente:

– Boa noite. Sou o conselheiro-mor e o meu nome é Dario Montez.

– Boa noite, senhor, disse Dercos. Venho a pedido do estrangeiro, que me mandou chamar.

Dario aproximou-se mais e disse:

– Não me conhece?

– Não senhor. Penso que nunca o vi.

O conselheiro abriu um largo sorriso:

–Eu sou o estrangeiro, meu amigo!

Dercos, aturdido, gaguejou momentaneamente:

– Conseguiu enganar-me, senhor. Era então um disfarce?

– Sim meu amigo, era um disfarce. Às vezes a vida obriga-nos a improvisar, para alcançar o que desejamos, não é?

– Sem dúvida senhor. É verdade.

– Venha. Disse o conselheiro. Vamo-nos sentar um e conversar um pouco.

Passaram para a sala ao lado e Dercos arregalava os olhos com a imponência e sumptuosidade do que via.

– Tenho duas coisas para si, Dercos. Meteu a mão por baixo da capa e retirou um pequeno saco com dinheiro, que lhe entregou.

– É o resto do pagamento que lhe prometi e que você mereceu ganhar.

– Muito agradecido senhor, respondeu Dercos.

– Agora, informo-o que o rei quer conhecê-lo.

– O rei? Exclamou Dercos, espantado. Mas porquê senhor? Como posso eu ir falar com o rei, se sou um simples criador de porcos!

– Acalme-se Dercos. Acalme-se, disse o conselheiro. Tenho tudo preparado e eu irei ao seu lado, para ajudar. Não se preocupe e deixe por minha conta.

– Assim farei, senhor. Nunca me imaginei nesta situação e nem sequer sei o que fazer...

Saíram da sala, e avançaram por um comprido corredor iluminado com tochas, passando por várias portas e Dercos olhava, olhava, estarrecido com tanta riqueza. Sentia-se tão pequeno, que lhe custava mexer as pernas.

– Estamos a chegar, disse Dario. Acalme-se. Tudo irá correr bem. Chegaram a uma porta larga de mogno, com umas enormes dobradiças e, pela parte de dentro, alguém a abriu e disse:

– Sua majestade, o rei Mamotal Got!

Dercos sentiu as pernas a tremer e um nó na garganta. Tanta sumptuosidade abafava-lhe qualquer raciocínio. Na verdade, o que queria mesmo, era sair dali para fora.

O rei estava em pé, bem vestido, no meio de um enorme tapete de fino tecido e olhava-o com curiosidade.

– Majestade, disse o conselheiro, apresento-lhe o senhor Dercos, o homem que enviamos para o sul. O rei olhou fixamente Dercos e mediu-o dos pés à cabeça :

– Com que então, é o senhor o já famoso Dercos!

– Sim vossa majestade, sou o Dercos, mas não sou famoso, senhor. O rei, riu-se da piada e passado o primeiro momento de cerimónia, convidou os dois a sentarem-se a uma mesa.

– Resumidamente senhor Dercos, depois da sua grande experiência e de posse das informações preciosas que conseguiu obter, qual é a sua opinião?

Dercos nem sabia por onde começar. Estar sentado à mesma mesa com o rei, não estava nos seus mais ambiciosos planos.

– Majestade...conseguiu dizer.

– Acalme-se Dercos, disse o conselheiro. Sinta-se à vontade. Sua majestade não se importará.

– Claro que não, senhor Dercos. Por favor, faça de contas que eu não estou aqui, porque temos assuntos importantes a falar.

– Vá. Diga-nos o que tem dentro da sua cabeça.

– Eu penso, por tudo aquilo que vi e experimentei com os meus amigos, que há um problema difícil de resolver na fronteira sul. Mas, também a meu ver, é um problema que tem de ser resolvido, tão breve quanto possível. As populações dos dois lados da fronteira, vivem aterrorizadas, porque estes dois irmãos dominam e mandam em toda a região, majestade. Calculamos que, no conjunto, possam ter mais de cem homens armados e treinados para o combate, como pude observar. O meu amigo Kirlo, encarregado dessa missão, teve oportunidade de ver a grande fortuna que têm acumulada em arcas, tudo roubado na região, incluindo muitas peças de arte sacra, que supomos valiosas.

– Então, senhor Dercos. Quer dizer que atacam também as igrejas? Perguntou o rei.

– Sim. Pensamos que não lhes escapa nada, porque sabem de tudo o que se passa e combinam uns com os outros, pensando que enganam toda a comunidade.

– Agora não percebi bem, disse o rei.

— Majestade: os ladrões e assassinos do lado de cá, vão roubar ao lado de lá, fazendo de conta que são protetores da herdade do lado de cá.

Os do lado de lá vêm roubar aqui, fazendo de conta que protegem os do lado de lá. Nós, ao princípio, também tivemos muita dificuldade em perceber este jogo, mas é assim que as coisas funcionam.

— Convenhamos, sendo assim, que é um esquema muito bem estudado.

— E organizado também majestade.

— Já me disse que devem ter mais de cem homens. E quanto a meios, o que lhe parece, senhor Dercos?

— Os meios são bastantes majestade. Todos têm cavalos, têm uns quantos de homens especialistas no arco e flecha, vimo-los treinar à noite com feixes de palha a arder e todos andam de espada à cinta, fazendo perguntas a quem quer que passe. Funcionam como se fossem as autoridades da região.

— Teve ocasião de falar com algum deles:

— Sim majestade. Com alguns, incluindo o chefe, que me pareceu um homem duro, mau e autoritário. Na minha presença, deu ordens ao patrão idoso, tratando-o com muito desrespeito. Com os outros foi diferente, mas um deles, queria contratar-nos para entrar na milícia. Precisam de renovar o pessoal, porque alguns, vão morrendo nos assaltos. Foi o que disseram.

— O chefe tratou mal o patrão, questionou o rei. Como é o patrão idoso?

— É um homem de cabelos brancos, entroncado, boa figura e em tempos, deve ter sido poderoso e autoritário. Hoje, está muito debilitado e só anda com ajuda.

— E quanto ao chefe das milícias? Quer falar-me dele?

— Anda normalmente de escuro e com uma capa negra, andam todos, como se fosse um uniforme. É um homem alto, robusto, sempre de espada à cinta, na casa dos cinquenta anos. Pelo pouco que vi, deve ser um homem sem escrúpulos que não tem problemas em matar.

— Passou no Vale da Morte? Perguntou o rei.

— Não senhor. Não passei.

— Calcula mais ou menos a distância que vai da herdade ao vale da Morte?

— Não queria precisar, mas arrisco dizer que poderá ser à volta de duas léguas, senhor.

— Sobre o chefe da quadrilha do outro lado, sabe onde é o paradeiro habitual?

— Não sei senhor. Foi pergunta que não fizemos, porque ficava do outro lado e tivemos algum receio.

— O senhor sabe os riscos que correu, passando para o lado de lá, senhor Dercos?

— Sei sim majestade. Bastantes riscos, mas para concluir o meu trabalho, tinha mesmo de o fazer. Foi assim que descobrimos que os dois ladrões são irmãos e uma espécie de

sócios.

— O senhor é criador de porcos. Antes disso, alguma vez foi soldado do rei, senhor Dercos?

— Sim majestade, mas já lá vão uns bons anos. Ainda no tempo do vosso falecido pai, que Deus tenha. Estive em missão lá para o sul e não era um trabalho fácil.

— Pois bem, senhor Dercos. O conselheiro Dario Montez, falou-me do enorme trabalho que realizaram e, por isso mesmo, eu decidi compensá-lo. Precisamos de homens assim.

— Mas... senhor. O vosso conselheiro já me pagou o prometido.

— Eu sei, eu sei. Mas eu vou pagar-lhe de outra forma. Gostaria de ser cavaleiro do rei? Dercos ficou engasgado.

— Cavaleiro do Rei? Mas o que é isso, senhor?

O Rei riu-se com vontade e disse a brincar:

— Dario, ele não sabe o que é? O conselheiro estava admirado com a saída do rei, pois sobre o assunto, nada haviam conversado e respondeu:

– Pelos vistos alteza, não sabe mesmo e está com dúvidas. O rei virou-se então para Dercos:

– Um cavaleiro do rei é um homem especial, com qualidades especiais, provadas em ação senhor Dercos. Por isso mesmo, um cavaleiro do rei, tem privilégios que os outros não podem ter e merece toda a confiança da corte, onde também tem lugar.

Dario, olhava surpreendido para os dois e gozava o espetáculo.

– Senhor, mas eu sou um homem humilde...

– Espere, Dercos...espere, disse o conselheiro interrompendo. O rei está a dizer-lhe que o quer aqui, junto de nós. É um privilégio raro que lhe está a oferecer, homem.

Depois de ouvir Dario, Dercos ficou mais sereno e, dentro de si, algo lhe dizia que era uma coisa boa para ele.

– Majestade, aceito com muito prazer e fico muito grato pela distinção.

– Muito bem. Mantenha-se em contato com o conselheiro. De hoje em diante, ele será o seu mentor, irá ajudá-lo no necessário e será o seu melhor amigo. Gostei de o conhecer. Virou-se para Dario e disse:

– Sabe o que tem de fazer com o Dercos. Acompanhe-o e instrua-o.

– Muito bem alteza. Deixe por minha conta. Farei dele um homem distinto.

24. REI CONCEBE ATAQUE

Mamotal, quando saiu do salão, já sabia o que fazer. Dirigiu-se ao quarto da mulher, bateu à porta e pediu licença para entrar. A rainha estava sentada a conversar com duas aias sobre as possíveis soluções para melhorar a escola do convento.

– Desculpe interromper Delca. Gostaria de lhe falar em particular. Delca disse às aias para sair:

– O que aconteceu para tanta urgência, querido?

– Tenho andado a pensar, mas não queria alarmá-la querida. Sinto-me, contudo, na obrigação de lhe dizer o seguinte:

– Lá em baixo, no Vale da Morte...

– Ó meu Deus... exclamou a rainha. E o rei, continuou:

– Tem havido problemas muito graves. Explicou resumidamente e disse:

– Preciso de enviar uma mensagem ao seu irmão e avisá-lo do que se passa.

Eventualmente, teremos de juntar forças para acabar com os desmandos. Eles são muitos e parecem bem organizados. Irei enviar uma mensagem ainda hoje, porque não podemos perder tempo e quero aproveitar o efeito surpresa.

– Ó Mamotal! Outra vez o Vale da Morte querido, lamentou-se a rainha.

– Sim, infelizmente, outra vez. A verdade é que, para mim, o assunto estava por resolver, querida.

– Eu sei, querido eu sei que nunca esqueceu. E que tenciona fazer?

– Atacá-los! Respondeu o Rei. E irei com os meus homens. Acabarei de uma vez por todas com a desgraça que manchou a minha vida e matou a minha irmã.

– Mamotal, querido, a vingança não é uma coisa boa.

– Agora não é apenas vingança, mas um assunto de estado. O Sul está infestado de bandidos que tomaram conta de tudo, querida. Eu e o seu irmão somos a autoridade. Quem não a respeitar, tem de ser severamente punido e é o que vai acontecer.

– Tenho tanto medo por si, meu amor, pelos nossos filhos. Não queria que sofresse mais, Mamotal.

– Não se preocupe. Com a graça de Deus e com a justiça do nosso lado, venceremos esses fora da lei e limparemos a região de malfeitores.

Delca, queria abordar o assunto da escola e até a possibilidade de mandar construir uma de raiz, mas não teve coragem para falar no assunto. O marido aproximou-se, abraçou-a com carinho e em voz baixa disse:

– Confie em mim querida.

Dirigiu-se para a sua camara, sentou-se agarrou uma folha de papel e a pena. Olhou pela janela durante uns minutos e alinhou as ideias essenciais. Passou tudo para o papel, lacrou e mandou entregar aos mensageiros dizendo:

– Assunto confidencial e urgente. Providenciem a entrega o mais rápido possível.

Estava quase febril e a sua cabeça não parava de trabalhar. Mandou chamar o conselheiro Dario e foi até à varanda. Aspirou, respirou fundo, encheu os pulmões de ar e sentou-se.

– Sente-se aqui ao meu lado. Tem acompanhado o Dercos, Dario?

– Sim alteza. Deixe por minha conta. Tudo será como deseja e ele anda feliz. Parece até outra pessoa, disse.

– Ainda bem que assim é. Cheguei a pensar que não tivesse

entendido a proposta que lhe fiz. De resto, a primeira do meu reinado.

– Não se preocupe alteza. Conversamos muito e ele tem agora consciência da nova vida que terá. Posso dizer-lhe que anda à procura de uma propriedade adequada às novas funções.

– Ótimo. Ótimo anuiu o rei. Vamos agora ao que interessa. Nós vamos atacar os bandidos lá de baixo, como deve calcular.

– Sim majestade. Foi o que pensei desde o primeiro momento. Sou todo ouvidos.

– Pois bem. Acabei de enviar uma mensagem ao rei do país vizinho e nela expliquei tudo o que iremos fazer. O nosso ataque, será no meio da semana, porque percebi que eles costumam atuar ao domingo ou às segundas-feiras. Se assim for, apanharemos todos os coelhos na toca. Vá tomando nota, para nada esquecer. Presumindo que eles são cerca de cinquenta, nós levaremos cem homens. Quero arqueiros e besteiros devidamente preparados e adestrados. Quando chegar o dia, falarei consigo de véspera.

– Muito bem senhor, disse o conselheiro. Quanto ao ataque, o que planeia fazer?

– Não irá ser bem um ataque. Tenho dormido mal, sabe? Não tenho tido tempo.

– Imagino, senhor. Imagino...,

– Iremos tentar fazer uma ratoeira. Uma emboscada. Afinal, aprendi com eles e não me esqueci! O conselheiro bebia as palavras do rei. O sentimento de vingança sentia-se à distância. A raiva acumulada, vinha agora ao de cima em toda a plenitude e o rei, continuou:

– Sairemos daqui a uma segunda-feira. Iremos cinco grupos de vinte homens separados, mas sairemos intervaladamente. Todos iremos com roupas civis. As paredes... têm olhos e ouvidos, disseram os dois ao mesmo tempo.

Temos de chegar à quinta pelo anoitecer. Um pequeno grupo de homens, cuidadosamente, tentará entrar, encontrar os celeiros e roubar meia dúzia de peças. Se isso for conseguido, à saída, farão barulho para serem detetados e, eventualmente, como espero, perseguidos.

Sempre de olho nos perseguidores, devem dirigir-se para o Vale da Morte, a cerca de duas léguas de distância.

Nós, entretanto, estaremos lá à espera. Um grupo de homens, logo depois da entrada e outro grupo, no meio do vale. Junto ao caminho, quero homens armados com bestas, mais próximos. A meio do declive, teremos os arqueiros. Os nossos homens entrarão no vale, aguardaremos que os outros cheguem e um grupo tapará a saída. Os que estarão a meio do vale, deixarão passar os nossos e logo de seguida fecharão a passagem. Imediatamente a seguir, com tudo a correr bem, uma chuva de flechas será disparada para cima dos assaltantes. Os besteiros, mais próximos, atirarão ao nível dos olhos em tudo o que mexer e os arqueiros, atirarão do meio da encosta.

— Senhor, disse o conselheiro abismado: Tenho a certeza que não dorme de noite. Tem tudo pensado na sua cabeça e com uma estratégia feita ao milímetro.

— É o que tenho tentado fazer. Não descuro a minha responsabilidade neste caso e sinto que é uma tarefa muito importante para mim. Não apenas como rei, mas acima de tudo, como um homem e irmão profundamente ofendido.

— Penso que tenho tudo mais ou menos assimilado alteza e permita-me que o consulte quando surgir alguma dúvida.

— Disponha sempre, Dario.

— Mas tenho ainda uma pergunta, disse Dario. O rei seu cunhado, que papel terá no meio disto tudo?

— Na mensagem que enviei tudo foi explicado e ele terá de resolver o problema do lado dele. Todavia, pode acontecer as coisas não correrem como eu estou a planear. Aí, eles estarão no fim do Vale da Morte, mas antes já terá mandado fazer uma sortida na zona. Para isso, eles chegarão um dia antes.

— Entendido senhor, exclamou o conselheiro. Desejo-lhe uma boa noite e recomendava-lhe, se possível, tentar descansar o máximo que puder.

— E descansarei Dario. Depois de tudo terminado. Boa noite.

25. O CAVALEIRO DO REI

Dercos, estava a viver um momento de euforia e enorme satisfação. Encontrou-se com os dois amigos, pagou-lhes o que faltava e que eles agradeceram, após o que fizeram uma festa na Taberna do Corvo.

– Fui nomeado cavaleiro pelo rei meus amigos e quero que sejam os primeiros a saber, disse ele visivelmente feliz. Terei agora outra posição e também mais responsabilidades.

– Bravo Dercos, bravo, disseram os dois em uníssono. E não se arranja nada para nós? Bem precisávamos, amigo.

– Então agora temos de o tratar por senhor cavaleiro, disse Avamis. É quase um nobre!

– Não meus amigos. Não se trata disso. Continuarei a ser o que sempre fui, afirmou Dercos. Mas sei que muitas coisas vão mudar na minha vida. Se, em algum momento houver uma oportunidade para vocês, farei o possível por ajudar. Com isso, podem contar. Sem vocês, nada teria acontecido e isso, eu não esquecerei nunca.

– Estava a brincar Dercos. Ficamos felizes por ter agora um amigo importante. A sério.

Entretanto, o novo Cavaleiro do Rei mandou fazer roupas novas para toda a família, andava a procura de uma nova casa, mais de acordo com a sua posição e inscreveu os filhos na escola do convento. Mas tinha saudades do seu curral e dos seus porcos, que também iria vender. Sentia a liberdade a fugir-lhe, em troca de uma vida melhor.

O conselheiro recomendou-lhe que melhorasse a arte de cavalgar e pediu para o instruírem na arte de combate a cavalo. Tinha também aulas de boa conduta social ministradas pelo conselheiro. Afinal, teria de lidar com pessoas cultas e educadas. Tinha de se preparar. Agora, iria trocar o seu velho curral pelos salões do castelo. Na última conversa com o conselheiro, ficou a saber que o rei se preparava para lhe dar uma missão qualquer, mas ainda não o tinha manifestado formalmente.

26. A MENSAGEM DO REI HERTZ

O mensageiro tinha regressado e trazia noticias do irmão da rainha, que ficara alarmado com tudo o que leu. Não tinha conhecimento de qualquer agitação na província, mas iria mandar averiguar o que se passava, inclusive descobrir onde ficava o quartel-general dos assaltantes. É um assunto de estado e como tal tem de ser tratado, dizia. Depois, diga-me exatamente o dia, para podermos acertar horas e posições. Pode contar comigo. Um grande abraço e um saudoso beijo à Delca.

27. O DESGOSTO DA RAÍNHA

A rainha, passava agora por tempos difíceis. Os assuntos da escola teriam de esperar melhores dias e a carta que queria escrever ao irmão, falando do sucesso da escola e da alegria das crianças, teria também de esperar. Acima de tudo, era a nova preocupação do marido, que a deixava em grande sobressalto.

Dois filhos ainda pequenos, a precisar de cuidados e muito apoio dos pais...um reino em formação, mas a avançar a bom ritmo e finalmente um rei amado e respeitado pelo povo, que ela amava desde o primeiro dia. Tudo estava em risco, por causa de um homem que mal conhece, que um dia quase o mandou matar e matou a sua irmã. Tanta atenção e tanto carinho e amor dispensado ao longo dos anos, parecia agora uma miragem distante. Por mais velho e doente que possa estar, maldito seja o velho. Deus me perdoe, pensou.

Eu poderia falar com ele, suplicar-lhe em nome do nosso amor e dos nossos filhos, mas sei que não recuará. É um fardo que carrega há anos e esta, poderá ser a única forma possível de se livrar de tão profundo desgosto. Vou rezar por ele e por todos os que o irão acompanhar.

É por este lado positivo que tenho de encarar as coisas para meu próprio bem e, com a ajuda de Deus, hão- de voltar sãos e salvos. Tenho muita, muita fé, porque a razão está do nosso lado. Que Deus te proteja meu querido marido.

28. HERTZ INVESTIGA MILÍCIAS

O rei Hertz, irmão de Delca Hertz, não esperou mais tempo e enviou dois homens com a missão de perceber o que se passava no Sul, junto à fronteira. Ali chegados, foram deambulando por vários locais. Disfarçados de homens do campo, acabaram por chegar à taberna perto da fronteira, onde havia estado Dercos e os seus dois amigos. Entraram, pediram comida e bebida e foram conversando com o taberneiro, que evitava determinadas perguntas. Não estava fácil. Deram uma volta pelo pequeno povoado e as poucas pessoas que viram, escondiam-se à sua passagem.

– Estranho, pensaram. Muito estranho mesmo. Nem uma pessoa para nos dar os bons dias.

Voltaram à taberna e estavam seis homens vestidos de escuro, sentados, a beber. O taberneiro olhou, viu os dois homens e fez como se que nunca os tivesse visto.

– Bebem alguma coisa, senhores?

– Duas canecas de cidra, por favor, disseram. Um dos homens do grupo virou-se e perguntou:

– Donde são amigos?

– Somos do Leste, senhor. Cerca de vinte léguas daqui. Estamos de passagem e como vimos a taberna...

– Forasteiros então, disse o homem. E vêm em negócios?

– Não, não vimos senhor.

– Se precisarem de trabalho, talvez se arranje alguma coisa disse o homem de negro.

– O dinheiro acaba-se, como sabe. Se for um trabalho mais ou menos, poderemos aceitar.

– O nosso patrão precisa de gente. Se quiserem aproveitar, talvez tenham sorte. Os dois homens olharam um para o ou-

tro, anuíram com a cabeça e responderam:

– Podemos falar com o patrão?

– Podem, pois, disse o homem de escuro. Saiam do povoado e virem á direita. Depois, vão encontrar um caminho estreito, com arvoredo. Sigam sempre por aí e quando começar a descer, vão encontrar uma quinta com uma torre. Vai aparecer um guarda. Digam que falaram connosco.

– Assim faremos, senhor. Obrigado. Vai dar-nos um certo jeito. Acabaram de beber e despediram-se do taberneiro e dos homens.

– Vamos esconder-nos até eles passarem, disse um deles. Depois, iremos atrás. Esperaram e lá apareceu o grupo. Meteram os cavalos a galope e partiram num alarido.

– Vamos esperar mais um pouco, para dar distância e iremos a trote. Viram a torre da quinta, foram descendo e, do outro lado do monte, ia um grupo de cavaleiros na mesma direção.

– Parece que acertamos, disse um dos homens. À porta, pediram para entrar e foram recebidos por um homem alto, vestido de negro, lugar tenente do patrão.

– Que os traz por cá amigos?

– Disseram-nos que poderia haver algum trabalho e sabe como é. O dinheiro acaba-se...disseram os dois homens.

– E o que sabem fazer?

– De tudo um pouco senhor, mas costumamos ser pastores. É o que fazemos melhor.

– Pastores? Ó homens de Deus, nós aqui não temos gado de espécie nenhuma. Vão e procurem noutro lado, mas vai ser difícil. Aliviados, agradeceram. Até chegarem à saída, viram vários grupos de homens em atividades do tipo militar. Ao chegarem junto do guarda, perguntaram:

– Daqui até ao vale que vai a caminho da fronteira, é muito longe amigo?

– Umas três léguas de bom caminho, a trote.

– Obrigado, amigo e partiram na direção indicada. Andaram até deixar de ver a quinta e viraram mais para norte, a caminho da taberna.

– Parece que terminamos o nosso trabalho, disseram. O taberneiro, que tinha ouvido a conversa, perguntou:

– Então arranjaram alguma coisa?

– Nada amigo. Nós somos pastores... disseram.

O taberneiro sorriu e disse:

– Ainda bem! Não fazem ideia onde se iam meter.

Aquilo é gente pouco recomendada, para não dizer outra coisa. Beberam uma caneca de cidra e partiram.

– Agora, só paramos no castelo. Tivemos sorte e tudo correu bem. Acho que levamos o que eles querem saber.

29. PREPARAÇÃO DO ATAQUE

Os dias foram passando. Dercos começava a habituar-se ao seu novo estatuto e revelava boa aptidão, embora não apreciasse os salamaleques usados na corte, que achava uma palhaçada de privilegiados. O conselheiro Dario, era agora o seu amigo protetor e cicerone. Tinham-se transformado em verdadeiros amigos, apreciavam-se mutuamente e o conselheiro, tal como Dercos, não era homem de salamaleques. Frequentemente, em surdina, riam-se juntos do ridículo espetáculo dos cortesãos.

O rei, nesse período, quase vivia em clausura, exceto quando chamava o conselheiro para esclarecer algum assunto. Na sua cabeça, tinha já todo o plano bem definido. Entretanto, iam escolhendo os melhores homens, que ficavam de sobreaviso e preparando arcos, bestas e flechas.

O conselheiro, tinha dado ordens para que os homens das bestas e dos arcos insistissem no tiro ao alvo, principalmente de noite. Seria uma missão de três dias, com tudo a correr bem e, por isso, teriam de levar mantimentos suficientes, porque que partiriam na frente. Dario andava num frenesim, de um lado para o outro. Tinha muita vontade de ir também, mas reconhecia que a sua idade não o recomendava. Restava-lhe a oportunidade de tudo fazer, para que nada faltasse aos que partiam. E era um grande serviço que prestava.

30. REIS DETALHAM ATAQUE

Manhã cedo batem à porta da câmara pessoal do rei.

– Majestade, desculpe, mas tenho uma mensagem urgente para lhe entregar. Mamotal pegou na carta e viu o selo do rei Hertz.

– Obrigado, disse. Pode ir. A adrenalina subiu novamente. Sentou-se, abriu a carta e leu:

– Mandei homens ao sul. Estamos na posse de informações precisas e sabemos onde têm o quartel, com muitos homens. De facto, a população anda assustada e com medo. Estamos prontos.

Avise quando quiser avançar. Eu partirei um dia antes e tentarei atacar o quartel. Depois, seguirei para a entrada do vale e esperarei por si. Um abraço e beijos para a Delca.

O grande dia, aproximava-se. Mamotal, queimou o papel e foi para a varanda. Olhou para o céu azul, o tempo estava bom, de feição para avançar e pensou:

– Vou enviar já a mensagem e aproveitar o tempo bom. Sentou-se e escreveu: Partiremos na quarta-feira da semana que vem, de madrugada. Seremos cem homens em armas. Faremos o assalto e depois, vamos atraí-los para o vale, como já disse anteriormente. Aí, faremos o grande ataque. Aguarde-me à saída do vale. Todos os que conseguirem passar, é para abater. Um forte abraço e um beijo da Delca. Boa sorte. Responda-me de imediato, para ter a certeza que recebeu esta mensagem.

Chamou o camareiro e pediu muita urgência na entrega, acrescentando:

– O mensageiro que não saia do castelo sem a resposta a esta carta.

31. O ULTIMAR DA ESTRATÉGIA

Mamotal estava agora no uso pleno das suas energias, que vinham aumentando desde a chegada de Dercos. Finalmente, tinha possibilidades de resolver vários assuntos importantes de uma só vez:

– Se tudo correr bem e vamos fazer tudo por isso, mandarei erguer o forte e a capela em honra de minha irmã e dos soldados mortos. O Vale da Morte mudará de nome e passará a chamar-se Vale dos Milagres. Será o milagre da crença, sobre a vingança e o ódio.

Mandou chamar o conselheiro e Dercos para a sua camara pessoal. Os dois, juntaram-se no corredor e sussurraram:

– Temos novidades, disse o conselheiro. Para nos chamar aos dois... Bateram à porta e o rei mandou-os entrar.

– Sentem-se por favor, fiquem à vontade e vamos acertar alguns pormenores. Em princípio, iniciamos a missão na quarta-feira da próxima semana. Aguardo apenas a confirmação do rei Hertz, para que tudo fique afinado. Conselheiro, diga-me como tem corrido a preparação dos homens e do material.

O conselheiro pigarreou:

– Conforme me disse, escolhi os homens que me indicaram como os mais capazes para este trabalho. Arqueiros e besteiros, preparados. Têm treinado todos os dias. Restantes homens, têm treinado luta corpo a corpo e esgrima. Mantimentos e homens encarregados, estão prontos. Falta apenas o pão e a carne, que só na véspera do dia, poderemos carregar.

– Muito bem, senhor conselheiro. Quanto à forma como iremos atacar, tenho um plano para si Dercos.

O rei não se apercebeu, mas o homem tremeu quando ouviu falar em plano.

– Sou todo ouvidos, majestade.

– Pois bem, continuou Mamotal: Como já falamos anteriormente, faremos a aproximação à herdade durante a noite. E é aqui que o Dercos vai entrar.

Dercos, arrepiou-se.

— Arranje dois ou três homens em quem tenha a máxima confiança e que sejam ágeis e corajosos. Com esses homens, vai entrar na herdade. Conhece o local e isso é fundamental. Descubra o celeiro onde estão as peças de ouro e roube o que puder. Se ninguém der conta da vossa presença, ao sair, façam alarido, para serem detetados e deixem cair duas ou três peças, para eles ouviram e verem. Quando vos começarem a perseguir, dirijam-se para o Vale da Morte, a galope, mas certifiquem-se que eles vêm atrás.

Aí chegados, continuem até passar o meio do vale. O resto, será comigo e com os restantes soldados, como também já falamos.

Mais à frente, estarão os homens do rei Hertz que, se for necessário, devem atacar e dizimar os que puderem. Alguma dúvida?

– Nenhuma senhor, mas quero dar uma sugestão, se me permitir. Eu tenho de levar dois ou três homens e disse que posso escolher. Os meus amigos Avamis e Kirlo, são os meus homens de confiança a toda a prova, mas não são soldados...

– Recrute-os, disse o Rei. Depois, serão devidamente compensados.

– Assim farci senhor. A missão é muito arriscada ,e por isso

mesmo, não quero levar muita gente. Quanto menos formos, melhor será, já que isso nos dará vantagem.

– Muito bem, Dercos. A sua visão é acertada. Por agora é tudo, meus senhores, mas fiquem por perto.

Saíram os dois, percorreram o corredor em silêncio e Dercos disse:

– Acho que o rei me está a pôr à prova, conselheiro. Esta missão é muito arriscada e eu não sei como as coisas estão atualmente. Vai ser difícil.

– Olhe Dercos, disse o conselheiro. Eu não penso que seja isso. O que eu penso, é que o rei o considera como a pessoa mais capaz para a missão e por isso o mandou chamar. Mas também sei que a missão está muito bem elaborada, tudo devidamente pensado e estudado. Desejo-lhe desde já, muita, muita sorte meu amigo. Assim eu pudesse ir consigo. Abraçaram-se e cada um, foi para seu lado.

32. CONTRATO FATAL PARA KIRLO

Dercos, acusava o peso da responsabilidade. Não apenas por ele, mas também pelos dois amigos que envolveu. E se as coisas não correrem bem?

Pegou no cavalo e foi ao encontro dos amigos. Já era fim do dia e o mais certo, seria a Taberna do Corvo. Entrou, pediu um licor de mel e sentou-se. Uma palmada no ombro e Kirlo disse:

– Vossa alteza por aqui? Que surpresa. Dê cá um abraço chefe. Que bom voltar a vê-lo.

– Ó Kirlo! Há quanto tempo, amigo. Que saudades. O Avamis?

– Deve estar a chegar. Ao fim do dia, sabe como é... costumamos encontrar-nos aqui.

– Fazem muito bem. A amizade é um bem raro.

Um pouco de conversa e chegou Avamis.

– Um grande abraço, chefe. Que alegria em vê-lo. Como vai a vida? Agora é quase um nobre rico. E riram-se com vontade os três.

Dercos colocou um ar mais sério e disse de repente:

– Tenho um trabalho amigos. Pediram-me dois homens de confiança e eu não exitei. Estou certo?

– Desde que não meta moedas de ouro, somos de confiança, disse Avamis.

Todos se riram e Dercos insistiu.

– Temos de voltar à herdade do Marif, amigos.

– Ó não! Disseram os outros. Uma vez, já chegou e sobrou.

– Porquê? Perguntou Dercos. Não me digam que estão com medo.

– Medo, nós? Disseram. Temos medo é de não ter dinheiro para os copos, disse Kirlo.

Nova risada geral e mais uma cidra para cada um. Parecia que não queriam aquela conversa, pensou Dercos.

De repente Avamis disse: – Fale-nos então do negócio chefe. Aida assim, parece que nascemos fadados para isto.

– Muito bem, falemos então.

Explicou tudo ao pormenor e pediu o máximo sigilo ao dois. No fim, Kirlo insinuou:

– É um trabalho arriscado, chefe. Sabe tão bem como nós. E quanto vamos ganhar?

Era a pergunta temida por Dercos.

– Não sei. Os outros riram-se com vontade.

– Não sabe? disse Avamis. Pede-nos para arriscar a vida e não sabe?

– Calma, disse Dercos. Não sei mesmo, mas tenho a certeza de que serão muito bem compensados. Nesta altura, é o que posso dizer, amigos. Kirlo e Avamis olharam-se, deram uma palmada um no outro e disseram:

– Conte connosco, chefe! Os três, novamente em ação. O Marif, que se cuide.

Um abraço entre todos e Avamis proclamou em tom desafiante.

– Seremos um por todos e todos por um! Até um dia destes amigos.

– A seu tempo, avisarei. Cuidem-se.

33. O AVISO DA PARTIDA

Era segunda-feira e o mensageiro chegou. Mamotal abriu a carta e leu. "Entendido e estaremos prontos. Boa sorte. Hertz. Um abraço."

De imediato chamou o conselheiro e Dercos.

– Meus amigos, a hora chegou. Amanhã, ao fim do dia partimos. Virou-se para Dercos:

– Contamos com os seus dois amigos?

– Sim majestade, contamos.

Depois, virou-se para o conselheiro:

– Amanhã ao cair da noite, partimos. Todos iremos com roupas civis. Como lhe disse, os homens dos mantimentos, serão os primeiros a partir, lá pelo meio da tarde. Depois de escurecer, com intervalos de quinze minutos, sairemos os restantes, em grupos de vinte. Sem barulhos nem alaridos. Agora, tratem dos últimos preparativos e amanhã à tarde, todos formados e prontos, na parada.

– Notava-se uma grande ansiedade no rei, disse Dario Montez. Cada palavra e cada gesto, eram carregados de adrenalina. Proteja-o Dercos. Dentro das suas possibilidades.

– Assim farei, senhor. Também gostaria de o ver mais sereno, mas cada um, é como é. Agora, se me permite, vou avisar o Kirlo e o Avamis. O tempo já não é muito.

Foi trotando e pensando pelo caminho. As voltas que a vida dá, pensava:

– Meus saudosos porcos! Não tinha de me preocupar com mais nada. Os dois amigos ainda não tinham chegado. Sentou-se, pediu uma caneca de cidra e foi bebendo em pequenos tragos. Parecia-lhe amarga e ácida.

Os dois entraram, sentaram-se e dispararam a pergunta:

– Já aqui está, chefe?

– É verdade amigos. O tempo passa rápido.

– Vai mais uma caneca? pergunta Kirlo.

– Não amigo. Não me está a cair lá muito bem. Venho só para vos dizer que amanhã, é o dia.

Depois do almoço, apresentem-se prontos para partir, no castelo. Esperarei por vocês e venham bem-dispostos.

Agora vou para casa tratar dos meus pertences e convencer a família. Um abraço. Fiquem bem e durmam ainda melhor. Até amanhã.

34. A PARTIDA. O COMBATE

O rei acordou cedo, apesar de pouco ter dormido. Vestiu umas roupas meias coçadas, uma velha capa e foi ao quarto de Delca. Beijou-a carinhosamente e apenas disse:

— São apenas três dias querida. Passam rápido. Dê um beijo grande aos meninos.

— Deus o abençoe e guarde meu querido, sussurrou Delca.

Foi ter com o conselheiro:

— Venha comigo. Vamos aos celeiros e vamos dar uma volta pelo terreiro. Quero certificar-me que não falta nada e estar um pouco no meio dos homens. Será bom sentirem-me no meio deles. Por falar nisso, fizeram flechas em abundância?

— Sim senhor, respondeu Dario Montez e devem estar a acomodar o pão fresco e a carne. O resto já está pronto.

— Ótimo disse o rei. Vamos conversar um pouco com os homens e ver como está o ânimo deles. Abordou um grupo de soldados:

— Bom dia a todos. Está tudo animado?

— Sim majestade. Tudo animado e tudo às ordens.

— Ótimo. Está um belo dia hoje, próprio para uma boa cavalgada. O que acham?

— Um belo dia majestade. Até os cavalos vão gostar. Todos os que ali estavam desataram a rir.

— Está a ver, Dario? A tropa está animada. É assim que eu gosto. Foram andando, verificando, falando aqui e ali e o moral estava alto.

Dercos, tinha acabado de chegar com os dois amigos e o conselheiro chamou-o.

— Dormiu bem esta noite?

— Que nem uma pedra, senhor. Aproveito para lhe apresentar os meus dois amigos:

— Este é o Avamis e o Kirlo.

— Muito prazer, disse Dario. Tenho ouvido dizer muito bem de vocês.

— Obrigado, senhor, disseram os dois. Dercos afastou-se um pouco e foi cumprimentar o rei.

— Então Dercos, não me apresenta os seus amigos?

— Desculpe senhor, desculpe. Pensei que não fosse adequado. São gente do povo...

— Ora, ora Dercos. Vamos ser companheiros de viagem. Traga-os cá. Quero conhecê-los.

— Avamis, Kirlo, cheguem aqui. Sua majestade quer conhecê-los amigos.

Os dois, quase se sentiram do tamanho de uma formiga. Desajeitadamente, fizeram uma grande vénia e o rei perguntou:

— Prontos para uma boa cavalgada? O senhor Dercos deu-me muito boas informações vossas. São uns homens valentes.

— Obrigado, majestade. Tentamos fazer o nosso melhor, disse Avamis.

— Pois agora, todos nos iremos conhecer mais de perto. Durante três dias, seremos uma grande e unida família. Dercos, fique com os seus amigos e mostre-lhes o terreiro. Dentro de pouco tempo, partiremos.

— Vamos conselheiro? E entraram para sala de entrada.

Um clarim soou na parada e os homens apareciam de todos os lados. Montaram os cavalos e formaram em grupos de vinte. Uma voz disse:

— A partir de agora, todos falaremos baixo. Ao sair, sempre que possível, guiem os cavalos pela terra e evitam as calçadas. Os cascos dos cavalos, não farão tanto ruído. Pode partir o primeiro grupo, a trote. Daqui a quinze minutos, sairá o segundo grupo e por aí adiante. Até ao fim do casario, evitem conversar.

O rei, inseriu-se no segundo grupo. Foram andando lentamente e, no meio da escuridão, reparou que Dercos estava ao seu lado e os dois amigos atrás.

– Não sabia que estava aqui, Dercos.

– Recebi ordens senhor!

– Ordens? De quem?

– Tenho mesmo de dizer, senhor?

– Não. Não precisa. Aquele conselheiro parece meu pai. Mas deixe-se estar. O passeio vai ser longo.

Cavalgaram toda a noite. O dia amanheceu e o rei deu ordem de paragem. Comeram e beberam do farnel que traziam e refrescaram-se num pequeno ribeiro. Sem pressa, retomaram a marcha. Trotaram umas boas léguas e o rei mandou parar.

– Atenção a todos: estamos a aproximar-nos da zona dos bandoleiros. Vamos entrar um pouco mais para o interior e sair do caminho. Assim, evitaremos passar perto do povoado. Ponham dois batedores mais à frente e olhos bem abertos. Podem falar, mas baixo.

Continuaram por um caminho mais agreste e difícil, mas não encontraram ninguém. Caía a noite e a quinta, já se avistava lá longe do outro lado do vale. Mamotal mandou parar:

– A partir daqui, máxima atenção para todos. Ao fundo e apontou com o braço, está a quinta que procuramos. Vamos esperar que fique mais escuro.

– Dez homens irão com o senhor Dercos em direção à quinta e farão o que ele mandar. O resto, seguirá comigo para o Vale, onde aguardaremos. Acercou-se mais de Dercos e disse: – Boa sorte!

Os três amigos partiram, seguidos pelos dez homens. Ao chegar ao fundo da ravina, Dercos avisou:

– Rapazes. Vamos dividir-nos: eu, o Avamis e o Kirlo, vamos entrar na quinta. Sete de vocês, vão esconder-se no meio dos arbustos à direita da entrada. Os outros três ficarão do lado esquerdo, para o que der e vier. E agora, muita atenção: se tudo correr bem, nós os três sairemos a galope da quinta e viramos em direção ao vale.

Atrás, virão os homens do Marif para nos apanhar. Quando virem que já passaram todos ou quase todos, vocês entram na quinta. Os três, vão logo à primeira casa onde deve estar o velho patrão, que não anda e deve estar acompanhado por uma ou duas velhas. Apanhem o velho, amarrem-no e escondam-se no meio das árvores, até nós chegarmos. Dúvidas?

– Nenhuma, senhor. Tudo entendido.

E virou-se para os outros sete.

– Vocês, avançam ao mesmo tempo. Se virem alguém, é para matar. Não há perguntas. Depois deitem o fogo a tudo, menos à casa do velho e dirijam-se para o vale. Podem ser precisos. Parem à entrada e tenham muito cuidado. Entendido?

– Sim senhor. Entendido.

Virou-se para os dois amigos, – Vamos!

Foram direitos à porta de entrada e Avamis, avisou.

– Está lá um guarda, Dercos. Já se esqueceu?

– Não. Não esqueci. Não sabemos o que eles fizeram depois de termos partido. Podem ter mais guardas por aí, podem ter mudado as coisas e o pessoal de sítio. Não sabemos. As-

sim, vamos diretamente à fonte.

– Que fonte, perguntou Avamis.

– O guarda.

Kirlo, achou piada e riu-se baixinho.

– Vamos a trote, devagar e façam o que eu fizer, avisou Dercos.

Chegaram à entrada e o guarda já estava de sabre em riste. – Quem vem lá?

– Boa noite, amigo, disse Dercos. Apeou-se e perguntou:

– Posso aproximar-me?

– Devagar e ponha as mãos para cima. O que querem daqui?

– Procuramos o velho patrão, amigo. Já trabalhamos aqui e como é de noite...experimentou Dercos. Ele ainda dorme na casa da entrada?

O guarda pensou um pouco, meio desconfiado e disse:

– Houve mudanças. Ele dorme, nas traseiras, por trás do armazém, mas por cima vive o novo patrão, o Marif.

– Não sabíamos que havia um novo patrão... se pagar melhor, disse Kirlo. Aos poucos foram cercando o guarda que, com a conversa, tinha baixado o sabre. De repente, Avamis agarra na adaga e dá um golpe na mão do guarda. Ato continuo, Kirlo agarrou-o pela cabeça e encostou-lhe a adaga á orelha: – Se gritares, mato-te já e apertou-lhe a mão à volta do pescoço.

– Onde está o Marif? Diz a verdade.

– Já disse, já disse. Está no andar de cima. Não me façam mal, sou um simples guarda. Por favor!

– O ouro onde está? Carrega mais na adaga Kirlo, disse Dercos, decidido.

– Ai, ai disse o homem. Eu não sei...

– Carrega Kirlo.

– Ai, ai, está no armazém, antes do quarto do velho.

– E os homens onde estão?

– Nos celeiros, lá em cima.

– Mata-o Kirlo. Vamos.

Pegaram nos cavalos e a pé, subiram com cuidado pela vereda.

– Amarrem aqui os cavalos, disse Dercos. Vamos com cuidado e sem barulho.

Esgueiraram-se pelo meio dos arbustos e sentiram alguém a correr apressadamente.

Dercos deitou-se no chão e o homem que corria, tropeçou e estatelou-se. Avamis agarrou-o de imediato e espetou-lhe a faca atrás do pescoço. Nem um gemido.

– Vamos, vamos disse Dercos. Chegaram à porta do velho armazém e Avamis foi tateando com os dedos, até encontrar a cravelha da porta.

– Está aberta! Sussurrou. Acho que matamos o que estava aqui de guarda.

– Kirlo, ficas à entrada da porta. Avamis vai para a esquerda. Eu vou para a direita, disse Dercos.

– Muito cuidado. Um ruído, pode ser o nosso fim.

Apalparam, apalparam e Dercos sussurrou:

– Está aqui uma arca. Tateou com os dedos e sentiu cálices de pé alto.

Tirou um, dois três e passou para outra. Fechada! E diz Aramis:

– Achei uma.

Apalpou e sentiu o que lhe pareceram pequenas cruzes.

Pegou meia dúzia e guardou. Apalpou a seguinte e sentiu

uma espécie de jarras de tamanho médio. Tirou meia dúzia.

– Já chega Avamis, disse Dercos. Precisamos de uma saca para meter isto tudo.

Cuidadosamente saíram, apanharam os cavalos e atiraram duas jarras de encontro à porta da casa. Um enorme barulho no silêncio da noite e alguém gritou:

– Quem anda aí? Ladrões! Estamos a ser assaltados, gritaram.

– Corram, corram. Os três picaram os cavalos e desceram o caminho da vereda.

– Deixa cair qualquer coisa Avamis, disse Dercos.

Avamis, atirou duas jarras médias que no silêncio da noite, provocaram um grande ruído.

Passaram a porta da quinta e viraram à direita. Dercos atirou ao chão mais dois ou três cálices.

– É o engodo.

Olharam para trás e já viam uma fila de cavaleiros atrás deles.

– Aguentem mais um pouco, pediu Dercos.

A fila atrás, parecia engrossar com mais cavaleiros.

– A galope agora, amigos. Vamos para o vale. Pelo barulho dos cascos no chão, deviam vir muitos milícias atrás.

Forçaram as montadas e, a galope, entraram no vale gritando:

– Dercos! – Avamis! – Kirlo! O rei estava no primeiro grupo.

– Chegaram! Besteiros e arqueiros! Logo que entrem os outros, atirem com tudo o que têm.

Os cavalos relinchavam apavorados, os milícias gritavam e davam palavrões e a chuva de flechas, sempre a cair. Lá em baixo, no vale, ouviam-se gemidos de dor, relinchos de cava-

los e homens a gritar.

O rei disse então:

— Vinte homens, venham comigo. Desceram o declive e viram cavalos e homens pelo chão, outros em pé, feridos e esfarrapados, que davam luta.

— Vamos acabar com eles, instigou.

Combate corpo a corpo, barulho de ferro a bater em ferro, gritos de fúria e gemidos ecoavam pelo vale. Numa ponta do terreno, vários milícias batiam-se ainda com bravura. Passou por cima de cavalos e homens mortos e avançou corajosamente. Seis ou sete milícias lutavam e percebeu que os três amigos estavam lá. De adaga numa mão e espada na outra, irrompeu pelo meio e matou um e depois outro.

Tropeçou num corpo caído e conseguiu reconhecer Kirlo.

— Deus o guarde. Um homem valente!

Olhou em redor e dois homens lutavam contra quatro milícias. Aproximou-se e viu Dercos, lutando com bravura.

— Acabemos com eles, Dercos. Força. Mais uma punhalada e mais um milícia caído.

Dercos, aproximou-se como pôde:

— O mais alto é o Marif.

Mamotal, quase cegou. Avançou diretamente para o homem:

— Tu não vais morrer aqui desgraçado. Irás morrer na forca.

— Quem és tu para falar assim?

— O teu executor, bandido. Atirou-se para a frente com toda a força que tinha e cravou-lhe a adaga na cinta.

Marif deu um grito, mas, cambaleando, continuava a lutar. O rei percebeu e começou a rodar em volta, para o cansar. Marif, já quase não se tinha de pé. Mamotal aproximou-se mais e deu-lhe com o cabo da espada nos queixos. Marif deu três passos para trás e caiu de costas. Ofegando, disse:

— Maldito sejas, assassino. O rei encostou-lhe a adaga ao pescoço e picou levemente.

— Se te mexeres, morres aqui. Dercos, Dercos, chegue aqui. Arranje uma corda, qualquer coisa, para amarrar este traste.

— É para já senhor. Eu estava aqui, mas achei que esta luta era um assunto pessoal.

— Era Dercos. Já não é, respondeu o rei.

O dia começava a romper. O Vale da Morte, parecia ter sido varrido por um ciclone. Homens e cavalos espalhados por todo o lado, flechas, arcos, bestas e alguns homens, ainda vivos.

— Pode descer toda a gente, gritou o rei. Vamos ajudar os nossos feridos e acabar de matar os milícias e cavalos que restaram. Mandem um grupo de dez homens para trás, para darem a boa nova aos nossos, lá na quinta.

Dercos, aproximou-se:

— Peço desculpa, majestade. Vai mesmo matar os feridos deles?

Mamotal olhou para Dercos, cerrou os olhos com força e, muito sério respondeu:

— Como os tiramos daqui? Sabe-me dizer? Matem tudo.

Duas horas de "limpeza" e encontraram o corpo de Kirlo, com uma punhalada nas costas. Dercos persignou-se em silêncio, olhos rasos de lágrimas.

Mamotal, ordenou então:

— Tudo formado. Grupos de vinte. Vamos atravessar o vale e cumprimentar o rei Hertz, que espera por nós. Trotaram uma légua e o rei mandou parar.

— Dercos: foi neste local que a minha irmã e mais cinco soldados foram assassinados e eu muito ferido. Hoje, pagámos com a mesma moeda. É aqui que levantaremos a nossa capela da Senhora dos

Mártires, para que todos possam ver e rezar. De hoje em diante, este vale passa a chamar-se Vale dos Milagres. Vamos, disse o rei.

Uma quantidade de cavaleiros a deambular pelo vale, indicava a presença do rei Hertz. Palmas, vivas e gritos, soavam dos dois lados. Os dois reis afastaram-se do grupo e Mamotal deu um forte abraço ao cunhado.

– Como correu por aqui, Hertz?

– Graças a Deus, correu bem. Temos cerca de vinte baixas o que me entristece, mas acabamos com eles. Não resta nada e o quartel foi incendiado. Daqui em diante, teremos mais atenção por aqui.

E do vosso lado, como correu?

– Posso dizer que correu bem. Ainda não sabemos as baixas, mas conseguimos prender o patrão, que agora será enforcado em público. Servirá de exemplo. Estou satisfeito. Missão cumprida, cunhado. Vamos regressar a casa.

— Obrigado por tudo, disseram os dois abraçando-se.

Mamotal, montou o cavalo:

– Vamos a galope. Só paramos na quinta.

Quase ao chegar, encontraram uma cruz e uma jarra em ouro, que entregaram ao rei. Surpreendido, perguntou:

– Peças em ouro por aqui?

Dercos, estava ao lado:

– Depois explico senhor.

Ao chegarem à entrada, encontraram restos de roupa e o corpo do guarda que haviam matado.

O grupo subiu a vereda e pararam em frente à casa do patrão. Dercos, desceu do cavalo, abriu a porta e entrou, mas logo saiu.

– Majestade. Está ali o patrão velho numa cama, mas em muito mau estado. Pouco mais durará. O rei desceu do cavalo e entrou. Olhou em volta, com ar severo e altivo e dirigiu-se ao velho.

– Sabe o que aconteceu aqui?

O homem visivelmente alquebrado foi respondendo.

– Eu não sei muito bem. Sei que ardeu tudo e quando acordei, vi pessoas que nunca tinha visto e os daqui, desapareceram todos. Décadas de trabalho, para agora estar na miséria.

O rei virou-se para Dercos e disse com ar duro.

– Traga-me o Marif, como estiver.

Pouco depois, entraram dois soldados com o homem nos braços, gemendo de dores.

– Deitei-no aqui, junto do patrão dele.

– Sabe quem é este homem, perguntou ao idoso?

– Esse homem foi a minha maior desgraça e o maior bandido que conheci. Nunca o mandei matar porque já não tenho forças para isso.

– Porque o contratou?

– Ho! Isso são coisas de outros tempos, quando eu mandava e podia...

– Diga porque o contratou homem. Insistiu o rei.

– Contratei-o para fazer um trabalho que eu não podia fazer. O meu filho e único herdeiro... nunca me perdoei. Dizem que o mataram naquele vale.

– E depois? O que aconteceu?

– Depois, contratei esse desgraçado para me vingar e um dia, numa emboscada que montou, matou a princesa e ia matando o irmão. Foi feita justiça. Depois...esse homem destruiu a minha vida e tomou conta de tudo...

– Imagina quem sou?

– Não. Não imagino. Já não tenho cabeça para isso. Meu saudoso filho...

– Eu sou o rei Mamotal. Nessa altura, era o príncipe Mamotal. Lembra-se? A princesa que morreu, era minha irmã e o seu filho era um maníaco louco, que não ajudava o pai e só pensava nos privilégios dele. Ele morreu, sim! Foi morto por um soldado da corte e teve o que merecia.

O velho homem mudou de cor e ficou ainda mais amarelo e tremente. Olhava estarrecido para a figura do rei à sua frente e, cerrando os punhos, disse:

– Pode ser o rei, mas não ofenda o meu filho.

Mamotal, ficou lívido por momentos. O homem era duro. Recompôs-se e respondeu:

– Você merece que o mande enforcar aqui mesmo homem, mas vou fazer o contrário de si: vou deixá-lo viver! Sei que o que fez, o fez por amor. Um amor cego, que o seu filho não merecia. Mesmo assim, mandou matar uma inocente: a minha irmã. Ficará aqui na sua casa. Tudo o resto será arrestado a favor do reino. Se algum dia voltar a ouvir falar de si, mando-o enforcar. Virou as costas e saiu, deixando o homem de rastos.

Na rua, virou-se para Dercos :

– Vamos ver o que temos aqui.

Olhou em redor e tudo o que via, era escuro como breu. Tudo tinha desaparecido e aqui e ali, apenas escombros re-

torcidos e mato queimado.

– Está na altura de ver o armazém, senhor, disse Dercos.

– Sim. É verdade, já me esquecia.

– Por aqui, majestade.

Abriu a porta e entrou juntamente com Avamis, que andava apagado desde a morte de Kirlo.

– Aqui temos o espólio do Marif.

Abriram as arcas e foram expondo algumas peças para o rei ver. Sacos com moedas de ouro e prata, peças em ouro e prata, artigos religiosos valiosos e, finalmente, as obras de arte, encostadas a uma parede e cobertas com grandes trapos velhos.

O rei, tudo viu em silêncio e, admirado com a quantidade de artigos que via, exclamou:

– Excelente trabalho que vocês fizeram. Notável. Mande inventariar tudo e supervisione. Depois mande carregar e deixe dez homens para trás, para levar a carga.

– E as obras de arte, senhor? Perguntou Dercos.

– Leve as que for possível levar nas condições que temos agora. As restantes, deixe-as ficar e meta-as debaixo da palha, com o celeiro selado e trancado. Talvez depois...ha! Diga-me uma coisa. Porque apareceram peças de ouro no caminho, quando chegamos?

– Engodo, senhor!

– Engodo?

– Sim, senhor. Serviram para mostrar às milícias o caminho que seguíamos e confirmarem que tínhamos roubado. Assim, ficariam mais interessados em perseguir-nos.

– Grande golpe, Dercos. Tenho de admitir que você é um homem terrível e inteligente.

– Vocês, senhor. Sem os meus dois amigos, jamais teria conseguido. Infelizmente perdemos Kirlo, um homem maravilhoso e com um grande sentido de humor, principalmente nos momentos mais complicados. Que Deus o tenha.

– Ele tinha família?

– Não estou certo, majestade. Mas o Avamis deve saber.

– Não se preocupe. Providenciarei para que a família seja devidamente compensada. E já agora: mandarei fazer uma inscrição em mármore, na capela da Senhora dos Mártires. Nela, irão constar os nomes da minha irmã, do Kirlo e dos cinco soldados que morreram. É o mínimo que posso fazer e farei. Falta uma última coisa, para terminar a nossa missão. Vê aquela árvore grande, mesmo em frente a nós? Mande colocar uma corda com um laço na ponta, no ramo mais forte.

– Vocês aí, tragam o velhote para junto da árvore e o chefe da milícia.

Os homens arrastaram o velho e o chefe dos bandidos.

– Montem o ladrão num cavalo, ordenou.

Dercos, estava expectante! O velho fazendeiro, vendo a corda esticada na árvore, dirigiu-se ao rei:

— Imploro-lhe, senhor. Não me mande enforcar. Pouco falta para chegar ao fim da minha vida!

Mamotal olhou para o homem por momentos que pareciam horas. Os olhos muito profundos, enchiam o velho de pavor. Por fim disse:

— Eu não te vou matar. Puxem-no para aqui e tragam o cavalo e o chefe dos ladrões. Metam-lhe a corda no pescoço. Quero todos os homens formados atrás de mim.

Virou-se para o velho:

— Dá uma palmada no cavalo. O velho olhou para o rei, vacilou e exclamou:

— Se der, o homem morre enforcado, senhor.

— Dá uma palmada no cavalo, homem. Se não fizeres o que te digo, vais tu para o lugar dele.

O homem baixou o olhar e, submisso, deu a palmada. O cavalo, assustado, arrancou a galope e, Marif, ficou pendurado na ponta da corda, esperneando freneticamente. O rei abeirou-se do velho:

— Estás satisfeito? Querias vê-lo morto!

O velho tremia de emoção e de medo.

— Senhor eu...,

Mamotal não o deixou falar.

— Como vês, cumpriste o teu desejo. Vingaste-te! Já podes morrer quando quiseres. Levem-no para dentro. Vamos juntar os homens e partir. Já se sabe quantos homens faltam?

— Já se sabe senhor. Onze homens não responderam à chamada, disse um soldado.

— Preciso de saber, depois, os nomes de todos eles. Paz á sua alma. Morreram por uma causa justa e nobre. Dercos: passará a haver duas inscrições na capela. A segunda, terá o nome dos homens que ontem perderam a vida. Dê voz de comando. Vamos partir.

35. FIM DO COMBATE

Um dia de caminho e a comitiva, chegou. Mamotal mandou formar toda agente:

— Quero agradecer a todos o exemplar desempenho que tiveram. Obrigado. Os feridos, devem dirigir-se à enfermaria para serem tratados e seguidos. Os restantes, podem ir para casa, para as famílias e terão dois dias de descanso.

— Urra! Gritaram os soldados de contentamento. Dirigiu-se a Dercos:

— Obrigado. Você é um grande homem. Vá para a sua família e descanse. Tem dois dias.

Mamotal entrou no castelo e pela primeira vez, sentiu-se cansado. Muito esforço e acima de tudo a tensão emocional, estavam a vir ao de cima. Delca, perdeu a compostura e desatou a correr pelo corredor, saltando para cima do rei, abraçando-o e beijando-o sofregamente.

— Correu bem, meu amor? Graças a Deus as minhas preces foram ouvidas, meu querido, meu marido. Foi tão difícil para mim.

— Graças a Deus! Correu bem, querida. Resolvemos tudo o que havia para resolver, mesmo da minha parte mais íntima, mas depois contarei. Temos homens que não se pagam com dinheiro! O seu irmão está bem e também ele cumpriu a missão. Assaltantes mortos e tudo ardeu num mar de chamas. Ele mandou-lhe um beijo grande de saudade.

— Meu querido irmão. Gosto tanto dele, sussurrou Delca.

— Agora querida, preciso de descansar. Estou muito cansado. Vou tomar um bom banho e dormir muito. É o que maior prazer me dará. Amanhã, levanto-me mais tarde. Abraçou a mulher com carinho e deu-lhe um beijo.

— Até amanhã querida.

— Durma bem e descanse, meu amor. Bem precisa.

Mamotal deitou-se e dormiu profundamente, como há muito não dormia, até amanhecer. Depois, virou-se na cama e sentiu um corpo quente a seu lado. Passeou a mão devagarinho pelo corpo de Delca e, admirado, perguntou:

— Você aqui, querida?

— Sim querido. Tinha demasiadas saudades para ficar no meu quarto. Precisava de sentir o seu corpo juntinho do meu e acariciá-lo muito, muito, até me satisfazer. Mamotal abraçou-a com força e beijou-a até se saciar, dizendo baixinho.

— Preciso de si agora, querida.

— Estou aqui para si, meu querido.

Recuperado e bem-disposto, o rei foi até ao salão e pediu um café bem quente com torradas untadas de banha de porco. Tinha fome! Mandou chamar o conselheiro Dario, que lhe fez uma enorme e sentida festa quando o viu.

— Majestade! Finalmente, aliviou o meu coração. Adivinho que correu tudo como o previsto. Há muito que não lhe via um sorriso na cara.

— Obrigado, pelo seu cuidado, Dario. Tudo correu como o planeado com a graça de Deus e atingimos todos os objetivos, incluindo os pessoais. Sou hoje uma pessoa mais feliz e mais completa, sem incómodos emocionais.

— Graças a Deus, senhor. Graças a Deus, disse Dario.

— Depois iremos falando. Muita coisa aconteceu, meu amigo. Por agora, só lhe digo que temos homens magníficos. Sem eles não seria possível.

— Sinto-me orgulhoso, majestade. E Dercos e os amigos, estiveram à altura?

— Completamente. Três grandes homens, que valem o seu peso em ouro! Quanto a Dercos e Avamis, falaremos depois.

— E Kirlo?

– Ó meu bom amigo. Kirlo morreu, infelizmente. Uma punhalada nas costas. Quando o vi, já estava morto.

– Ó meu Deus!! Dercos e Avamis devem estar desfeitos.

– Sim, estão e nós também. Foi uma grande perda para todos. Mas mudemos de assunto, Dario. A fazenda foi assaltada e, como já esperávamos, há um espólio de grande valor, que trouxemos. Mandei logo fazer um inventário e já deve estar tudo separado nos armazéns. Quero que vá lá ver e arranje alguém para fazer a avaliação. Há também quadros a óleo que julgamos de valor, mas só trouxemos os mais pequenos. Os grandes, ficaram lá. Estou confiante que, com estes valores, iremos ter uma boa ajuda para as despesas que teremos com a construção dos fortes e da capela. Depois, ainda teremos de proteger a família de Kirlo e dos catorze homens que morreram no vale.

– Muito bem, majestade. Irei agora mesmo ao armazém e o mais breve possível, trarei uma resposta.

36. DERCOS CAVALEIRO DO REI

Dercos andava envolvido a completar a lista dos soldados mortos no combate.

Alguns eram assalariados e difíceis de identificar, quando o chamaram para se apresentar ao rei.

— Sente-se aqui ao meu lado.

Dercos sentou-se e olhou-o bem de frente.

— Nunca o tinha visto com tão bom aspeto, senhor.

— Obrigado, meu amigo. Para lhe ser franco, nem eu e riram-se os dois.

— Ouça o que lhe vou dizer. Você já provou várias vezes, as suas capacidades como homem e como combatente. Graças a isso, ganhou a minha admiração e confiança. Amanhã, venha preparado. Os elementos da corte estarão presentes. Será este ato, que o tornará um verdadeiro cavaleiro, com assento na corte e o respeito dos seus pares. Você merece.

— Majestade...

— Não me venha com as suas pieguices. Está decidido. Traga o seu amigo Avamis, para assistir. Depois, bom... depois, tenho novos planos para si.

— Planos? Outra vez, senhor?

— Sim. Outra vez, mas será diferente. Você, é um cavaleiro do rei. Não se esqueça.

Pela manhã, a porta do salão real estava toda engalanada, com guardas bem aperaltados à entrada. Enormes tochas, iluminavam e aqueciam o recinto. As grandes janelas, cobertas com ricos cortinados transparentes. Dercos entrou e o rei aguardava junto ao trono, com a rainha à direita e o conselheiro à esquerda. Por trás, os cortesãos, vestidos a preceito,

estavam de pé, expectantes. Avamis, misturou-se com os outros, para assistir.

Dercos, caminhou em cima de um enorme tapete vermelho e parou em frente do rei. Um clarim, tocando baixinho, indicou o início da cerimónia. Silêncio no grande salão. Dercos, sereno, tremia por dentro.

Nunca se tinha visto em semelhante situação. O rei, abriu os braços e falou:

– Senhoras e senhores cortesãos. Só é cavaleiro do rei, todo aquele que, pelo seu esforço, dedicação, fidelidade e provas dadas em combate, defendeu os interesses do rei e do reino. Todas essas virtudes estão encarnadas na pessoa do senhor Dercos.

Palmas. Muitas palmas por todo o salão.

– Pelos motivos apontados e por outros que aqui não mencionaremos, este é o momento maior de um homem de valor.

– Ajoelhe-se senhor Dercos, disse o conselheiro.

Dercos pousou um joelho no chão e trouxeram uma espada resplandecente numa bandeja de prata. O rei aproximou-se:

– Repita comigo: Juro por Deus que defenderei o meu rei e o meu reino, nem que o meu sangue seja derramado, em todas as circunstâncias.

Mamotal pousou a ponta da espada no ombro direito de Dercos, depois no ombro esquerdo e, por fim, suavemente, em cima da cabeça.

Dercos levantou-se, fez uma vénia de agradecimento e o rei cerimoniosamente, disse:

– Meus cortesões, podem aplaudir o nosso novo cavaleiro Dercos, com a Graça de Deus.

Palmas. Muitas palmas. O conselheiro abraçou fortemente Dercos e disse:

– Já sabes fazer salamaleques?

E riram-se os dois alegremente. O rei abraçou Dercos, a rainha estendeu-lhe a mão que ele beijou respeitosamente e Avamis atabalhoadamente abraçou-se a Dercos e deu-lhe uma forte palmada nas costas.

– Muitos parabéns, alteza.

Depois, foi um corrupio de elogios e cumprimentos. Dercos, era a estrela do momento.

37. AVALIAÇÃO DO TESOURO

O conselheiro Dario Montez, ia para os armazéns, quando reparou num cavaleiro que pausadamente se lhe dirigiu.

– Bom dia, senhor conselheiro. Trago-lhe novidades. Todas as peças do inventário foram verificadas e tirando meia dúzia delas, todas têm valor. Quanto às moedas de ouro e prata estamos perante uma fortuna razoável. Os dados que obtivemos são estes.

Pegou num papel e entregou-o a Dario. Olhou para os números e leu: moedas de prata duzentos mil dobrões. Moedas de ouro: quatrocentos mil dobrões. Peças de ouro várias, duzentos mil. Peças de prata, cem mil. Obras-primas, trinta mil dobrões. Total: novecentos e trinta mil dobrões. O conselheiro levantou a cabeça devagar, semicerrou os olhos e disse:

– Devo confirmar este valor noutro avaliador, senhor...?

O homem ficou em silêncio, pensou um pouco e respondeu.

– Acho que novecentos e cinquenta mil dobrões, estará certo, senhor.

O conselheiro sorriu.

– Muito bem. Ponha-me o seu nome no papel e corrija o valor senhor...

– Karlov, senhor, respondeu o homem.

– Muito gosto senhor Karlov. Receberá notícias minhas em breve.

38. REI SURPREENDE A RAINHA

A rainha Delca, andava feliz. O marido tinha regressado bem e tudo tinha melhorado muito entre eles. O desgosto e o sentimento de culpa, tinham modificado o comportamento de Mamotal, que agora era um homem bem diferente e mais afetuoso. Na noite em que dormiram juntos, o que não acontecia há algum tempo, até lhe pediu para mudar para o seu quarto.

Precisava dela. Estariam mais juntos e era preciso acabar com a tradição de dormirem separados. Os tempos tinham mudado. Delca ficou radiante e disse que, por ela, sempre teriam dormido juntos, porque era isso que sempre tinha sonhado.

Mas a última conversa que tivera com a madre superiora, não tinha saído do seu pensamento. Os acontecimentos entretanto surgidos, ditaram que devia aguardar por uma altura mais favorável, que parecia ter surgido.

Há noite, no quarto de dormir, abraçou o marido:

— Lembra-se da escola do convento, querido?

— Claro que me lembro. Como correm as coisas por lá?

— É isso que lhe quero falar.

Agarrou as mãos dele nas suas e beijou-o:

— Fizeram uma festa de inauguração e tudo correu muito bem. Pais e crianças estavam felizes. Veja que até criaram um coro de canto. A sala de aulas estava maravilhosa, mas sabe o que aconteceu? Inscreveram-se mais alunos do que podem receber.

— Mas isso é uma coisa boa querida.

— Sim, é muito bom para todos, mas não há espaço. Apertou mais fortemente as mãos do marido e insistiu:

— Temos de mandar construir uma escola Mamotal. Compete-nos a nós assumir esse trabalho. O que acha, meu querido?

As mãos quentes da rainha, excitavam Mamotal:

– É verdade. Se queremos ter um reino digno desse nome, teremos de criar escolas. Não uma, mas várias, pelo país fora, mas isso levará tempo.

– Então podemos começar por aqui?

– Acho que sim. Temos de começar por algum lado.

Delca abraçou o marido, beijou-o e sussurrou:

– Sabia que podia contar consigo.

– Abra a gaveta esquerda da minha escrivaninha e tire um papel que lá está.

Ela tirou o papel e entregou-o ao marido.

– Não é para mim querida. Leia o que lá está.

Ela leu e exclamou:

— Novecentos e cinquenta mil dobrões! O que é isto querido?

– É o resultado do que tiramos aos malditos ladrões, querida. O conselheiro negociou com um ourives rico que avaliou o espólio e ofereceu novecentos e trinta mil.

Delca franziu a testa e disse:

– Mas aqui estão novecentos e cinquenta, querido.

– Pois estão. A diferença, será para a sua escola, que terá o nome de Escola Rainha Delca. Você merece!

A rainha deu um salto de alegria, abraçou e beijou o marido dizendo:

– Amo-o Mamotal!

– Também a amo muito, Delca. Abraçaram-se e, apaixona
dos, foram para a cama.

39. O NOVO GOVERNADOR

Dercos e Dario, estavam sentados na biblioteca. Duas canecas de café, faziam-lhes companhia. Dario queria um resumo do que tinha acontecido no Sul e absorvia cada palavra que Dercos proferia.

— O Marif e o velho, apanharam a maior lição de toda a vida, exclamou o conselheiro.

— Sem dúvida, meu amigo. Tudo ficou arrasado.

O rei, que acabara de entrar, aproximou-se:

— Bom dia. Temos segredos que eu não conheça? e sorriu.

— Não, majestade. Estamos a falar sobre os acontecimentos lá de baixo. Foi um grande trabalho que fizeram.

— Foi de facto uma grande aventura e, afinal, fomos felizes e limpamos a região. A propósito, temos de conversar aqui com o Dercos, sobre o novo plano que temos para ele. Já lhe disse alguma coisa Dario?

— Não majestade. Isso não é assunto da minha competência. Vossa alteza, falará quando entender.

— Pois foi por isso que aqui vim e ainda bem que estão os dois.

Dercos, já nem ouvia o que diziam e pensava:

— Não me digas que me vão meter em trabalhos outra vez. De repente:

— O que acha, Dercos?

— Ainda não acho nada. Vossa majestade ainda não falou... Todos se riram da piada e o rei exclamou:

— Este Dercos, é impagável! Pois bem. Então ouça com atenção. Eu e o Dario, estivemos a falar sobre si e chegamos a uma conclusão. Os três fortes que tínhamos falado há tempos, irão ser construídos, assim como a capela, lá no sul. Nós precisamos de um governador experiente e com sentido de responsabilidade, que assumirá o forte, bem como toda aquela região, para manter a lei e a ordem, incentivando e acarinhando a vinda de novos colonos. Você...

– Majestade, interrompeu Dercos.

– Eu não...

– Lá está você, Dercos. Deixe-me acabar. Você é um cavaleiro do melhor que temos e por isso, foi o escolhido para o cargo.

O que acha Dercos? É capaz de assumir esta tarefa?

– Vossa majestade, sabe que sim. Nunca fui homem de virar a cara, mas essa decisão, irá mudar toda a minha vida.

– Sim, disse o rei. É verdade! Mas irá mudar para muito melhor, porque levará a sua família, terá uma boa casa a condizer e responderá diretamente a mim. Claro que também terá um aumento no seu soldo.

O conselheiro, de lado, escutava com atenção:

– Dercos? Quantos homens têm esta oportunidade? Aceite homem e leve o Avamis consigo. Está em jogo o seu futuro e dos seus filhos.

– O quê? O Avamis também vai?

– Claro! Será o seu adjunto.

Dercos calou-se por momentos. Depois:

– Aceito, majestade. Os dois juntos, vamos até ao fim do Mundo. Acho que não posso dizer que não...

e todos se riram e cumprimentaram. Então, Mamotal, meteu a mão no bolso da túnica e retirou uma folha de pergaminho enrolada, que deu a Dercos.

– Isto é para si. Leia.

Dercos olhou, viu o selo real, leu de relance e gaguejou.

– Majestade isto...

– Dercos, interrompeu o rei. Lá está você outra vez. Ouça: A antiga herdade do velho fazendeiro, ficará para si e para a sua família.

É uma forma de lhe pagar tudo o que fez por nós. Essa carta, atesta o que acabei de lhe dizer.

Dario, deu um abraço a Dercos e perguntou:

– O que acha do nosso rei, amigo?

– O que hei-de eu achar…além de milagroso, também é magnânimo. Obrigado, senhor.

– Agora, há trabalho para fazer. Muito. O espólio que trouxemos deu-nos alguma folga no nosso tesouro. Prepare as suas coisas e a sua família. Comece a pensar em tudo o que falamos e vamos avançar com as obras.

– Que Deus o queira, disse Dercos.

O rei, tão de manso, como tinha entrado, saiu.

– Então, como se sente meu amigo? Perguntou Dário.

– Acho que nem tenho os pés no chão. Arrisquei a vida várias vezes, é certo, mas este rei sabe como convencer as pessoas, com a tua matreira ajuda. Um abraço e obrigado Dario! Agora, teremos muito que conversar. Obras, não é a minha especialidade.

Dario riu-se muito e respondeu:

– Não te preocupes. Pensa no queres fazer. Depois, o rei terá de aprovar. Arranjaremos um bom arquiteto, nem que venha de fora.

40. O NOVO CARGO

Era domingo e Dercos foi a casa de Avamis. Tinha assuntos pendentes que desejava resolver.

– Que faz por aqui, alteza?

– Deixa-te de salamaleques e vamos conversar. Chama a tua mulher.

– Ela está lá fora, com os filhos. Um deles, faz anos hoje.

– Então calha bem. Trago uma prenda para vos dar.

– A sério?

– Muito a sério.

A mulher chegou, cumprimentou Dercos com grande deferência e este disse:

– Vamos sentar-nos e conversar. Tenho uma grande novidade para ti, amigo. O rei, acabou de me nomear governador do Sul e quer que tu vás para lá como meu adjunto.

– O quê? Interrogou Avamis. E o que percebo eu disso?

– Percebes tanto como eu: nada!

– E tu? também queres que eu vá?

– Claro que quero, meu amigo. Vai ser bom para os dois.

A mulher de Avamis, escutava em silêncio, mas a sua cara mostrava que gostava do que ouvia.

– A fazenda do velho, foi-me atribuída pelo rei e mostrou o papel.

– Dercos, tu és a pessoa mais surpreendente que já conheci, amigo.

– Agora, sou eu que tenho planos Avamis. A fazenda é muito grande. Eu tenciono arranjar um feitor que saiba da poda, para tomar conta daquilo. Vou ceder-te um bom pedaço de terra, onde construiremos uma casa para a tua família. O que

acha a tua mulher?

– Pergunta-lhe. Disse Avamis, mas pela cara dela, acho que não se importa.

E a mulher falou:

— Eu sei que são muito amigos e também adivinho que a nossa vida irá melhorar. Por isso, se o Avamis e os filhos quiserem, eu também quero.

— Há! Já me esquecia. O rei disse que o teu soldo será correspondente à tua função. Depreendo que será muito bom. Que dizes amigo?

— Digo que sim, Dercos. Não poderia recusar, meu amigo.

— Então vai preparando as tuas coisas. Logo que possível, partiremos.

— Por último, diz-me uma coisa. Tu sabes onde vive a mulher do Kirlo?

— Sei, pois.

— Tenho uma coisa que o rei mandou para ela, por causa da morte do marido. Queres ir lá comigo? Sentir-me-ei mais confortável.

— Claro que irei.

Dercos despediu-se da mulher e dos filhos, dizendo:

— Têm aqui dois belos rapagões. Que Deus os proteja. Até breve. Iremos ter uma vida nova.

Cavalgaram um pouco e Avamis disse:

— É aquela casa que tem uma figueira.

Avamis, bateu à porta e a mulher de Kirlo abriu.

— Mas que grande surpresa, Avamis. Entrem, entrem por favor.

Dercos foi-lhe apresentado e a mulher cumprimentou-o com muito afeto.

— Eram os três amigos inseparáveis, até chegar a desgraça.

— É verdade, disse Avamis.

— Todos nós temos muita pena do seu marido, afirmou Dercos, mas quanto a isso, nada podemos fazer infelizmente. Paz à sua alma.

— Então, o que os traz por cá? perguntou a mulher.

— Queremos falar consigo e fazer o que prometi ao seu marido, senhora, disse Dercos. Tenho uma proposta para lhe fazer. Primeiro, tenho aqui este saco para lhe entregar. É a compensação pela morte do Kirlo, que o rei lhe mandou.

A mulher abriu o saco e viu muito dinheiro lá dentro.

– Muito obrigado. Não deve imaginar o jeito que vai dar à minha vida, senhor.

– Tem aí dois mil e quinhentos dobrões, disse Dercos.

A mulher voltou a abrir o saco, meteu lá o dedo e foi afastando as moedas para ver melhor. Ergueu os olhos e, quase a chorar, beijou a mão de Dercos.

– Isto é muito dinheiro! Muito obrigado. Muito obrigado.

– Não tem de agradecer, respondeu Dercos. É o mínimo que podemos fazer pelo seu valente marido. Agora, escute o que vou dizer:

—Tem três filhos, não é?

– Sim senhor. Três rapazes fortes como o pai.

– Pois bem, continuou Dercos. Eu e o Avamis, vamos viver para o sul, porque vamos trabalhar lá.

Avamis franziu o sobrolho. Não estava a entender nada.

– Vimos convidá-la para vir connosco e trazer os seus filhos. Eu tenho lá uma herdade grande, onde poderemos fazer casas para os três. Dar-lhes-ei um bom talhão de terreno e poderá continuar bem a sua vida.

– Hó! Senhor Dercos. Nem sei como lhe agradecer o que está

a fazer por nós. Os meus filhos irão adorar e eles gostam de agricultura. Vão sozinhos, ou levam a família?

– Levaremos a família, sim, respondeu Avamis.

– Que bom. É uma ideia maravilhosa...iniciaremos uma vida nova... fico muito feliz e aceito, agradecida. Que Deus lhes pague tanta bondade.

– O seu marido merece que façamos tudo, rematou Dercos. O nome dele, ficará na placa da capela que iremos construir. Diga aos seus filhos e comecem a arrumar o que precisam levar. Depois, avisaremos.

Despediram-se, saíram e a mulher foi a correr ter com os filhos. Meus filhos, meus filhos, venham cá...

41. O REI DEVE AMÁ-LA MUITO

A rainha Delca, andava melhor que nunca. Dormia com o marido, havia mais intimidade e carinho e a surpresa de Mamotal, superara tudo o que podia pensar. Chamou as aias e disse para se prepararem, que iam visitar o convento. A velha madre superiora vinha a correr como podia, agarrou a mão de rainha e disse.

— Minha querida e boa rainha, que agradável surpresa! Venham, venham comigo.

Guiou as três pelos corredores do convento e chegaram a uma ala que dava para o exterior. Pedaços de madeira e pedra espalhados pelo chão, indicavam que havia obras. A madre parou e disse:

— Majestade, veja o que já fizemos.

Tinham derrubado paredes de adobe, alargado a sala, foram abertas duas novas portas e os artesãos circulavam de um lado para o outro. A rainha, ficou mesmo admirada com a rapidez de decisão da freira e com o rápido andamento das obras.

— Irmã, deixe-me dizer-lhe que me surpreendeu. Não esperava nada uma coisa assim.

— Minha querida, disse a freira. Quando todos queremos, as coisas acontecem. Aqui, todos trabalham e com vontade. A festa que fizemos, trouxe este grande resultado. As pessoas começam a entender que saber ler e escrever, pode mudar-lhes a vida.

— Muitos parabéns minha querida irmã. Agora, podemos sentar-nos um pouco. Tenho grandes novidades para si. O rei, concorda com a construção de uma nova escola e disse que, a seu tempo, mais irão ser construídas. Disse ainda que ensinar o povo, é uma missão do estado, que deve assumir esse compromisso. E fez-me uma extraordinária surpresa: teremos vinte mil dobrões para começar a construir.

— Majestade, o rei, deve amá-la muito! Ele é um santo. Vinte mil dobrões, é uma fortuna que dará para fazer tudo, ou quase tudo.

Deixe-me abraçá-la e que Deus a proteja sempre. Vamos realizar um sonho antigo. Muito agradecida majestade. E beijou-lhe repetidamente as mãos.

– Depois, quando chegar a hora, trarei noticias. Continuem com o mesmo entusiasmo e que Deus lhes pague.

Despediu-se e saiu com as damas de companhia.

Chegou ao castelo e foi diretamente para o quarto. Não podia guardar tanta felicidade só para ela. Pegou numa folha de papel e começou a escrever.

Meu querido irmão. Já soube do grande sucesso que tiveram e o meu coração descansou. Graças a Deus!

Mas quero falar-lhe de um grande acontecimento que está a suceder aqui e que eu gostaria muito de ver repetido aí, no nosso país. Já temos uma escola a funcionar no convento das freiras, frequentada por vinte crianças do povo. Até um coro já organizaram. No dia da abertura, as crianças cantaram muito bem, e ouve uma grande festa.

A sala de aulas, é acolhedora e muito bonita. Pais e crianças, estavam felizes. Agora, com o acordo de Mamotal, iremos construir uma escola de raiz, com a indispensável colaboração das madres do convento. Depois, com o tempo, iremos abrir mais escolas. Mamotal decidiu que a escola terá o nome Escola Rainha Delca. Estou feliz como nunca estive, Hertz.

Rogo-lhe meu bom irmão. Faça o mesmo aí.

Sentirá uma grande felicidade, quando vir as crianças limpas e asseadas, estudando e cantando. A cultura é, já hoje, um bem imprescindível para qualquer país. Confio muito, que irá fazer o que tem de ser feito. Saudades, muitas, de todos vocês e da terra onde nasci. Um beijo de saudade da sua irmã sempre amiga: Delca.

42. INÍCIO DE NOVA VIDA

Dercos e Avamis, andavam atarefados e excitados com a mudança.

O rei, pediu aos dois para irem à sua camara pessoal:

– Meus bons amigos, confio no excelente trabalho que irão fazer nas novas funções. Terão uma guarnição de cinquenta homens. Temos de desenvolver e civilizar mais toda aquela região selvagem. E uma última coisa vos peço: das obras-primas que ficaram na herdade, escolham as mais adequadas, e mandem colocá-las nas paredes da nossa capela da Senhora dos Mártires. O resto, podem vender e aplicar o dinheiro nos melhoramentos necessários, que serão muitos. Logo que possível, irei visitá-los. Boa sorte.

EPÍLOGO

Dercos mandou Avamis certificar-se que a viúva de Kirlo estava pronta para partir. Depois, juntos, foram ao castelo. Entraram na grande sala e Dario aguardava-os.

– Meus bons amigos, vou ter muitas saudades vossas, mas iremos ver-nos mais vezes, se Deus quiser.

Abraçaram-se muito e seguiram os três para a sala do rei. Mamotal chamou a rainha e, com vénias e sorrisos, despediram-se emotivamente. Saíram e dirigiram-se aos cavalos, quando Dario chamou:

– Dercos, Dercos!

Dercos...olhou para trás e o conselheiro, disse em voz alta:

– Conseguiste livrar-te dos salamaleques!

Todos se riram com vontade e os dois amigos partiram. Uma nova vida aguardava-os no Sul.